DES NŒUDS D'ACIER

Sandrine Collette est née en 1970. Elle partage son temps entre l'université de Nanterre et ses chevaux dans le Morvan. *Des nœuds d'acier* est son premier roman.

SANDRINE COLLETTE

Des nœuds d'acier

ROMAN

DENOËL

ISBN : 978-2-253-17601-5 – 1re publication LGF

À Juliette avant tous et avant tout,

À Jean-Michel,
Stéphanie et Jean-Baptiste,
lecteurs de cœur

UN

Il en a fallu du temps pour que ce petit coin de pays se défasse du souvenir de l'effroyable fait divers qui l'a marqué au cours de l'été 2002. Dans les quotidiens et les hebdos nationaux, au journal télévisé, bien évidemment dans la presse à sensation : il est passé partout. À nous, habitants acharnés ou passionnés de cette terre dépeuplée, il a fait une publicité mauvaise et morbide ; beaucoup de gens aujourd'hui encore ne connaissent notre région que par cette triste chronique.

La France profonde. La misère sociale. Une population locale issue de générations entières de consanguins ou d'alcooliques, les deux le plus souvent, dans un environnement semi-montagneux où la dispersion et la rareté de l'habitat ont trop longtemps restreint les échanges et la communication. Voilà ce qu'on en a dit dans les médias. Voilà ce que la nation en a retenu. Merci aux journaleux.

Cela étant, cette affaire qui nous a agités toute une saison a aussi constitué un formidable argument touristique. Car il n'y a rien ici, misérablement rien, que de la campagne et des vallons, de la roche et des chemins de randonnée. Alors bien sûr quelques hôteliers avisés ont saisi l'occasion de créer le « circuit de la terreur », une boucle de quatorze kilomètres inaccessible aux autos et aux deux-roues, privilège des marcheurs, des chevaux et des ânes. Il va sans dire qu'en prenant la route du haut et moyennant un bon détour, on pouvait y aller en voiture. Mais ç'aurait été passer à côté de *la peur*. Et c'est bien pour cela que l'on venait des quatre coins de la France et même, ici et là, de Belgique, des Pays-Bas ou d'Allemagne : pour *sentir* l'horreur qui suintait de cette épouvantable histoire. Non, ce qu'il fallait absolument, c'était prendre le forfait journée, celui avec le guide et le conteur. Frissons garantis, et les détails valaient le prix à aligner – quarante euros sans le pique-nique.

Détails par ailleurs purement inventés, fantasmés.

Personne ne savait ce qui s'était vraiment passé.

Ça a marché un an, un an et demi. Après, l'intérêt est retombé.

Je pense souvent à cette histoire le soir quand le dernier patient a quitté mon bureau et que je regarde le parc désert depuis la fenêtre entrouverte. « L'affaire Théo Béranger », comme l'ont appelée les médias, j'en ai été témoin et j'aurais payé cher à l'époque pour être ailleurs. Mais elle m'a prise de plein fouet, elle m'a jeté sa brutalité au visage. Parfois j'ai encore du mal à croire qu'il y a des hommes assez fous pour en arriver là ; et pourtant j'en ai vu défiler, des détraqués, en vingt ans d'exercice. Tous m'ont prouvé, les uns après les autres, que les histoires vraies dépassent l'imagination dans ce que l'homme peut avoir de déséquilibré et de dangereux.

Car ceci est une histoire vraie.

La première fois que j'ai rencontré Théo Béranger, j'avais lu son dossier bien sûr, histoire de voir à quoi je m'attelais. Ce type était un beau salaud. Un violent, au bord du gouffre en permanence, comme un joueur addictif : incapable de s'arrêter. Le genre d'homme dont on sait que s'il tourne le dos à la violence, c'est elle qui viendra à lui.

D'après le rapport, Théo était doté d'une personnalité complexe, fermée. Famille riche. Enfance délicate et parents absents, un parcours scolaire plutôt brillant, un bon job à la clé. Et puis le faux pas. Tardif, mais prévisible. Cela collait parfaitement avec ce que j'avais entendu dire un peu partout dans le coin. Personne ne le connaissait bien sûr, mais la rumeur disait qu'il avait été condamné pour agression et qu'il sortait tout juste de prison au début de l'affaire. Le dossier a confirmé : une triste histoire à trois, sa femme, son frère et lui. Je n'ai pas eu accès aux détails, mais Théo avait massacré son frère, à proprement parler.

Vraiment ce type-là je n'avais pas envie de le sauver.

Mais c'est oublier que c'est moi qui ai recueilli ce corps entre mes mains, *après*. C'était oublier que le journal qu'a écrit Théo Béranger m'est revenu *à moi* – et bien involontairement : j'expliquerai pourquoi. Une centaine de pages couvertes d'une écriture hachée, inégale. Je n'ai pas pu retranscrire le récit tel quel parce qu'il est le plus souvent incompréhensible. Il manque des mots, les phrases sont jetées là les unes contre les autres, sans lien, sans rien. J'ai délibérément choisi de les remettre dans l'ordre, de remplir les blancs, d'ajouter un adjectif ou un verbe ici et là. J'ai forcément trahi des choses, mais c'était la seule façon de témoigner de ce qui s'était passé.

Sinon, j'aurais aussi bien pu encadrer les pages du petit journal, les accrocher sur un mur et les regarder comme on regarderait une drôle d'œuvre d'art. Cela aurait eu un certain sens.

Malgré mon intrusion dans ses mots, c'est Théo qui parle tout au long des pages qui suivent. Je ne suis jamais loin de ce qu'il a voulu dire, j'en suis convaincue. J'ai respecté autant que possible la trame de son journal et j'ai retranscrit sa lente descente aux enfers. Ses doutes, ses tentations.

Bien sûr il aurait fallu qu'il relise, qu'il corrige.

Mais tout ceci n'est pas possible.

La fin, je la tire de ce triste fait divers qu'à l'époque nous avons tous lu dans les journaux. Je n'ai rien voulu embellir. Je crois qu'il n'y avait vraiment, vraiment pas de quoi. L'histoire de Théo, ce sont des hommes qui l'ont commise, comme on commet un meurtre, oui, comme cela. C'est aussi la vérité que j'ai voulu rétablir. Je m'y suis sentie obligée.

À l'échelle de l'humanité, c'est peu de chose. Je le sais.

Mais je me fous de l'échelle de l'humanité.

C'était en 2002.

Souvenez-vous.

Je m'appelle Théo et je regarde ce qui aurait pu être un joli matin de printemps. Un matin du mois d'avril qui tire à sa fin. Dans le square d'à côté, les tulipes sont fanées et les azalées en fleur. Il fait trop beau depuis près d'un mois, bien plus chaud que les normales saisonnières. Il y a deux semaines, à la télévision, ils craignaient qu'un méchant coup de gel n'arrête tout, mais aujourd'hui ceux qui s'y connaissent disent que les saints de glace n'y feront rien. À la météo ils annoncent déjà un été de canicule ; pour ce qu'ils en savent, cette race de chiens.

Alors oui, ça aurait pu être un joli matin de printemps.

Seulement il est six heures et quart et il fait encore presque nuit. À cette heure-là ça ressemble plutôt aux petits matins blêmes que je déteste. La lourde porte grise se referme dans un claquement de métal et de serrures. On dirait que le mur vibre tout entier. Je me suis retourné en frissonnant et j'ai tendu le poing vers *eux*. Ces chacals.

Je sors une cigarette, collé à la porte, inspirant profondément. La flamme du briquet s'éteint sous le petit vent frais et je mets ma main devant pour la rallumer. Je tire sur la première bouffée, fort.

Première bouffée libre.

Je glisse le briquet dans ma poche. Le pantalon qu'on m'a redonné ce matin est un peu trop large un an et demi après. Dix-neuf mois exactement. Et pourtant je n'étais pas gros en arrivant.

Dans le petit sac que je serre contre moi s'emmêlent mon portefeuille, un paquet de cigarettes, un briquet, et la montre. Tout ce que j'avais sur moi *ce jour-là*.

La cigarette au bord des lèvres, je déchire le sac, j'ouvre le portefeuille et je cherche la photo. Elle est là. Ils n'y ont pas touché. Je souris en la regardant. *Ma belle*. La seule chose qui me pousse en avant, qui ait empêché que ma vie ne s'effondre ces mois-ci. Et puis une pensée m'effleure, mes doigts se mettent à trembler. Je range la photo dans le portefeuille et j'attache la montre autour de mon poignet, laissant le sac plastique s'envoler ; il retombe sur le trottoir, file loin de moi dans un bruissement sale. Je le suis du regard un moment.

Je continue à fumer, la tête rentrée dans les épaules, le regard rivé au sol.

Dix-neuf mois passés au trou, il n'y a pas d'autre mot.

Ces cellules trop petites, ces gens trop nombreux et la haine flottante, partout, dans les couloirs, au réfectoire et jusque dans les activités extérieures. Je n'en peux plus. Heureusement que cela s'arrête.

Dix-neuf mois en zonzon. Je m'étais mis à le dire comme ça, moi aussi. Ça ne vaut pas plus.

Je me tourne pour regarder l'immense porte en métal et je ne peux pas m'empêcher de sourire. Un sourire comme un crachat, mauvais, plein de rancune. Derrière cette porte il y a encore le grand Gilles, et tous les autres. Qu'ils y restent. Qu'ils y crèvent. Cette fois je suis du bon côté, là où ils ne sont pas près d'arriver.

Je revois leurs gros bras et leurs tatouages, j'entends leurs voix braillardes et stupides. Quand ils ont su que je sortais il y a quelques jours, ils m'ont tous chargé de faire passer des messages à l'extérieur ; de contacter des potes ; d'aller vérifier que leurs gonzesses ne les trompaient pas avec un autre. Leurs petits papiers, je les ai laissés dans les chiottes de la prison il y a une heure. Leurs noms, leurs numéros de téléphone, je les ai oubliés en franchissant la porte que je regarde à présent depuis la rue.

Le grand Gilles avait promis de me planter avant ma sortie.

Je souris à nouveau. Je lève un doigt à son intention. Un vrai beau doigt d'honneur bien senti, qui lui serait remonté jusqu'au bide, à ce fils de pute.

*

D'une façon générale depuis que je suis gamin, je n'ai pas eu la vie drôle. Mais je n'avais jamais vraiment été confronté à la violence physique. La prison a comblé ce manque très vite. Le jour suivant mon arrivée, selon un rituel très classique, j'ai été testé à la cantine. Je préfère oublier cette humiliation mémorable.

J'ai intégré un groupe de Français à tendance sportive et héroïnomane, qui me paraissait l'un des moins vicieux, et au sein duquel je me suis fait voler mon argent et mes clopes une dizaine de fois. Mais au moins, j'étais protégé des autres.

J'ai moi-même volé et gardé dans la poche, nuit et jour, un caillou peint de la taille d'un gros œuf, qui m'a donné un avantage décisif lors de plusieurs bagarres au détour des douches ou des cuisines. Ce caillou, je l'ai emporté en souvenir, par reconnaissance ; je sens son poids dans mon blouson.

La violence, j'en ai soupé et je n'en ai pas le goût. Mais que ce soit clair : s'il faut l'utiliser, je le fais. Je n'ai pas l'âme d'une victime. Certains ressortent écrasés par la prison, d'autres endurcis ; je suis de ceux-ci. Avec une conscience aiguë des choses pour lesquelles cela vaut la peine de cogner, et celles qui ne le justifient pas.

Quelques mois avant ma sortie, on s'est battus avec des débroussailleuses, un après-midi d'activité dans un parc que la taule entretient. On a cassé une machine. Une Stihl, un truc increvable. Le manche a claqué, mais le moteur tournait toujours, indéfectible. Il a fallu l'écraser avec une masse pour qu'il s'arrête.

Je me souviens que d'autres fois, de rage, on cognait les machines contre les arbres, à toute volée, pour les exploser. Sans raison. Pour emmerder les matons. Pour décompresser.

On ne les a jamais cassées.

Jamais pu. Ça nous rendait dingues.

Quand j'y pense c'était une pure folie de nous mettre entre les mains des outils comme ça. À des gens comme nous.

Mais ce jour-là je disais, trois mois en arrière, je me suis fait peur. Les machines avaient des lames métalliques pour couper les ronces et les arbustes. Des étoiles, on les appelle. Quand le grand Gilles a frappé de plein fouet vers moi, le moteur tournait à fond. Un bras, une cheville, ça ne vaut pas tripette à côté d'un sureau, et c'est moi qu'il visait, avec certitude. J'ai esquivé, tout juste. Le temps que l'autre arrête son geste et revienne, j'avais arraché mon harnais, jeté ma débroussailleuse par terre.

Je me suis enfui. Il n'y a pas de honte. Aucune gloire à se retrouver une main ou une jambe coupée par un malade armé d'un outil de ce genre.

J'ai entendu le choc de la machine de Gilles sur la mienne.

Les matons m'ont rattrapé quelques instants plus tard et j'en ai été soulagé. Il valait mille fois mieux se faire secouer par ces salauds que de se retrouver face à l'autre fou.

La machine cassée, ça m'a valu quinze jours de gnouf, juste parce que c'était la mienne. Peu importe qui l'avait bousillée.

Une bonne occasion de réfléchir.

Je me suis fait porter pâle. Ces trois derniers mois, je me suis défilé pour les activités extérieures, quitte à tourner en rond dans ma cellule ou dans la cour. Je suis resté en groupe constamment. La douche, j'en ai fait mon deuil : une fois par semaine, pour réduire les risques. Je savais que ma peine serait réduite de moitié, au moins, pour bonne conduite. Mon avocat m'avait affirmé : *Quatre ans, dans un an et demi vous êtes dehors. Vous avez le bon profil.*

Mais le grand Gilles avait dit qu'il me ferait replonger avant.

Le plus dur ça a été de tenir, de ne pas aller au clash.

Dix-neuf mois.

Dix-neuf mois au seuil de la violence, au bord du gouffre.

Bande d'enfoirés. Je leur crache au visage maintenant.

Je jette ma cigarette et je l'écrase sous mon pied. Les mains dans les poches, je prends la direction de la gare. Pas loin de trente minutes à pied, et ce qui me surprend le plus, c'est de ne pas être obligé de faire demi-tour au bout de quelques dizaines de mètres. De ne pas devoir faire un cercle. Non, j'avance tout droit ; rien ne vient m'arrêter, pas un mur, pas de rangées de fils de fer barbelés.

Le bus, le métro, les correspondances ; j'ai perdu l'habitude. Peu à peu les rames, les quais se remplissent et les voyageurs s'entassent et se serrent contre moi. Je fais un effort prodigieux pour ne pas en attraper un ou deux au col. Je sens ma peau moite hérissée de colère. À Châtelet je craque, je descends. Je cherche un café où m'abriter.

— Un expresso s'il vous plaît.

Le type derrière le comptoir me sourit et, comme chaque fois que quelqu'un me regarde pour la première fois, je le vois passer très vite de mon œil bleu à mon œil brun. Je sais que c'est déstabilisant. Depuis toujours on me dévisage de cette façon, comme si j'avais un strabisme et que les gens ne sachent jamais quel est le *bon* œil.

Des yeux vairons. Ils sont tous les deux bons.

C'est mon œil droit qui est bleu, d'un bleu pâle étoilé de stries de la même couleur que certaines clématites en été.

Je baisse la tête, le type pose la tasse devant moi. Je marmonne, *Merci*.

Dans le miroir qui fait toute la longueur du bar, derrière les bouteilles et les machines à café, mon reflet m'apparaît et m'arrache un froncement de sourcils.

Je m'observe, surpris et déçu. Je fais mes quarante-trois ans, maintenant. Avant, on m'en donnait bien sept, huit de moins. Mais là.

En prison je ne m'en suis pas rendu compte. Dans la lumière des néons, on ne se regarde pas.

La liberté me donne des rides.

Je commande un autre café.

Je n'avais pas imaginé que cela serait difficile de revenir au monde. Mais les habitués qui entrent en interpellant les autres, les clients qui se reconnaissent et se serrent la main, les bavardages trop forts, tout cela me gêne. Dans mon coin juste à côté d'eux, je me sens terriblement seul. Les éclats de voix et les éclats de rire me pèsent. Chaque fois cela me distrait, je perds le fil de ma pensée. À un moment je frappe le bar du plat de la main.

— Et merde.

En face de moi le serveur sursaute, se reprend. Il essuie des verres avec un torchon blanc, sa main a à peine tremblé. Je le devine qui me surveille. Peut-être que j'ai l'air d'un type paumé, qui parle tout seul et tourne en rond. Un type qui ne ferait rien de ses journées. Peut-être que c'est ce que se dit le barman en me guettant du coin de l'œil.

Mauvaise pioche, mon gars.

J'ai une visite à faire, et je sais où je vais.

En sortant je mets un coup de pied dans une canette qui traîne par terre. La boîte métallique rebondit contre le pied d'un immeuble et roule dans le caniveau.

J'ai ouvert le garage. Elle est toujours là.

Un tour de clé, juste pour voir ; rien, bien sûr. C'était couru d'avance, après un an et demi.

L'étiquette était à moitié effacée et j'ai mis cinq minutes à noter les références de la batterie. Je suis allé en acheter une autre, je suis revenu et je l'ai branchée. La BM a démarré avec le même joli bruit que dans mon souvenir. Malgré la poussière sur le toit et sur le capot, je me suis reculé pour l'admirer. Je crois que je l'aime toujours autant.

Mes derniers jours en taule, je les ai passés à imaginer ce que je ferais en sortant. Le bistrot, c'était inévitable ; je voulais prendre un bon café et renouer avec l'atmosphère de la ville, ça ne comptait pas, ça allait de soi, même si au bout du compte cela a été plus dur que prévu. Mais après.

Après, j'avais le choix. Il y avait Lil. Et il y avait Max.

Je ne peux plus dissocier les deux maintenant. Je l'ai repassé en boucle dans ma tête depuis des mois, *ma femme a couché avec mon frère. Mon frère a couché avec ma femme*. Comme ça, ça a l'air tout bête. Mais Lil, c'était ma vie. Après des années d'errance et d'indécision, j'avais trouvé avec elle quelque chose qui m'allait bien, quelque chose de l'ordre du bonheur, je suppose.

Dix-neuf mois plus tard, j'ai fini par la croire quand elle m'a dit qu'on avait tous trop bu, qu'elle n'avait pas su se défendre, que c'était une erreur, une immense erreur. La preuve, c'est que moi non plus je ne m'en suis pas rendu compte ce soir-là, je me suis réveillé le matin et je n'avais rien vu passer. Alors j'ai été d'accord pour croire Lil, parce que tout cela se tenait, et surtout que je ne voulais pas la perdre. Nous restons encore distants, mais aujourd'hui que je suis dehors, la nécessité de sa présence dans ma vie ne fait pas de doute.

Ce qui n'est pas le cas de Max.

La colère me revient d'un coup et je lève un poing serré à son intention. *Je t'ai pas loupé, hein, fumier.* Je ricane tout seul. Bon Dieu, pour moi, la taule c'est terminé. Mais lui. Un chirurgien talentueux dont on commençait à parler, un agenda surchargé ; un bel avenir, tout ça. Il s'était acheté une maison extraordinaire il y a quelques années, avec une piscine et un court de tennis. Le week-end il jouait au golf, je suis certain qu'il avait la tenue de rigueur et qu'il se prenait pour Tiger Woods, en blanc. Sa femme organisait des dîners presque tous les soirs ; avec Lil nous avions cessé d'y aller, c'était trop pour nous. Trop superficiel, trop brillant, trop écœurant.

Et bing, tout ça c'est fini. Grâce à qui ?

Max m'a répété trop souvent que je ne méritais pas Lil. Il lorgnait dessus depuis que je la lui avais présentée, trois ans auparavant. Confusément, je savais qu'il essaierait de me la prendre et qu'aucune considération ne l'arrêterait. Simplement il *fallait* qu'il l'ait.

Mais je pensais que Lil et moi étions invincibles.

Plus que d'avoir couché avec elle, c'est d'avoir flingué cette certitude que j'en veux à Max.

C'est pour cela que la première chose que je fais en rentrant chez moi, c'est démarrer la voiture et aller le voir. Avant même d'appeler Lil. Je passe à la banque retirer un paquet de fric et je pars. J'éclate de rire au volant en disant : *Je vais voir la larve*.

Cinquante minutes à fond.

Quand je quitte l'autoroute, j'aborde les virages comme un fou. Je sais que je passe. Les pneus mordent le bas-côté. Fenêtre ouverte, le vent mugit dans l'habitacle et les cheveux me reviennent dans les yeux ; je les laisse s'emmêler, cela faisait trop longtemps. Je pousse le moteur. Pas un instant l'idée qu'une bête sauvage, une vache échappée ou un tracteur pourrait se trouver au milieu du prochain virage ne m'effleure.

Pas la tête à ça. Même pas peur.

La vie recommence pour moi.

*

Le long de la terrasse, rangées comme des buis en pots, cinq ou six personnes en fauteuil roulant attendent qu'on les rentre. Pas une ne bouge. Et pour cause. Ils ne sont pas si vieux, c'est l'endroit qui veut ça. Un institut pour adultes handicapés.

Je pousse la porte du grand hall. Le luxe. Sol de marbre, des miroirs immenses aux murs. Des plantes vertes se reflètent ici et là, accentuant l'impression d'espace. Sur la droite, une hôtesse est assise derrière un comptoir d'accueil en bois noir et discute avec une infirmière. J'arbore mon plus charmant sourire.

— Bonjour, je dis.

Dans le couloir, l'infirmière a ralenti et se tourne vers moi en murmurant : *Nous y voilà*. Elle frappe à une porte. Précaution inutile bien sûr, mais le règlement impose sans doute qu'en présence de la famille on mette les formes. J'ai donné un faux nom : je suis interdit de visite pour Max. Le laxisme de l'hôtesse d'accueil m'a facilité les choses.

L'infirmière s'efface et referme la porte derrière elle, me laissant seul dans la pièce bleu pâle. La fenêtre est ouverte et on sent la tiédeur et le parfum des acacias qui monte de l'extérieur. Il y a un petit bouquet de fleurs sur la commode.

Je balaie la chambre du regard. Je le cherche. En découvrant la forme à demi allongée dans le fauteuil, reliée à une perfusion, inerte, je ne peux retenir un mouvement de recul. J'écarquille les yeux en m'approchant. Oui, c'est lui.

On a beau s'y attendre, n'est-ce pas ; l'espérer, même. Mais le voir c'est toujours autre chose. Incrédule, je me penche pour me placer face à l'espèce d'homme qui gît les bras retenus sur le fauteuil par des sangles. J'hésite quelques secondes avant de lui mettre une main sur l'épaule.

— Salut, Max. Ça fait longtemps, hein ?

La forme ne remue pas, ne bouge pas. J'ai beau le savoir, cela me gêne. C'est presque dérangeant. Seuls les yeux s'écarquillent soudain.

— Bien, je dis. Tu m'as reconnu, à ce que je vois.

Nerveux, je me mets à marcher de long en large devant le fauteuil. Je devine Max qui essaie de me suivre du regard alors je fais exprès de faire un pas à gauche, un pas à droite. Max décroche. Revenir dans son champ de vision, s'échapper. Revenir. Le rythme est trop rapide pour lui. Je fais un petit signe de la main, juste devant ses yeux.

J'attrape une chaise que je retourne et je m'assieds face à lui en m'appuyant sur le dossier, bras croisés.

— Dis-moi, garçon, tu as pris un sacré coup de vieux.

Je hoche la tête plusieurs fois en le contemplant, songeur. Méchamment content au fond. Ce type arrogant cloué sur un fauteuil pour le reste de sa vie. À le voir comme ça, je me dis que ça valait presque le coup de faire de la taule. C'est bien. Mes regrets s'estompent. J'observe les tableaux sur les murs, des reproductions de Van Gogh. J'aime bien Van Gogh. Pas les portraits mais les paysages, avec leurs traits ronds et leurs couleurs extraordinaires.

— Tu as de la chance, ils sont chouettes ces tableaux.

Un peu de sueur perle sur le front de Max. Ça me fait rire, la trouille qui monte. J'hésite à prendre un mouchoir et à lui essuyer le front mais le dégoût m'arrête.

— Dis, tu me ferais pas encore la gueule pour tout ça ? Tu es resté rancunier, hein ?

Je m'approche tout près de lui en traînant la chaise sous moi, je murmure presque.

— Moi aussi. Là-dessus, on est à égalité.

Dans l'immobilité de ses paupières, les yeux de Max roulent un peu. Je vois sa respiration s'accélérer.

— Tu as peur, hein ? Que veux-tu qu'il t'arrive, mon pauvre Max ? Rien ne pourra être pire que ce que tu vis maintenant.

Je soupire en me balançant sur la chaise.

— Tu le sais, quand même, que c'était un accident tout ça ? Pas le fait que je te casse la gueule, non, là, c'était exprès. J'étais décidé à sérieusement t'amocher après ce que tu avais fait à Lil. Mais que tu restes comme un légume, avec juste ton petit cerveau qui continue à bouillonner pour rien...

Je ris tout seul.

— J'y peux rien si tu es tombé, si tes cervicales ont pété... T'as pas eu de chance, c'est tout. Et moi j'ai fait dix-neuf mois de taule pour ça. Pour une maladresse. Parce que t'es tombé comme un con.

Les souvenirs affluent en désordre dans ma tête. Les cris, les pompiers, les flics. Je me penche vers Max en grondant.

— Parce que tu as couché avec Lil.

Je ferme les yeux dans un soupir et je me force à me calmer. Ce n'est pas le moment de craquer. Le spectacle de Max immobile sur son fauteuil d'infirme me fait du bien. Un bien profond. C'est comme si une certaine justice existait.

Je rouvre les yeux et je lui donne une petite tape sur la joue.

— Tu vois, Max. Je ne regrette pas ce qui t'est arrivé. C'était pas mon intention au départ mais je trouve que c'est bien comme ça. T'aurais crevé que j'aurais trouvé ça bien aussi. Mais là c'est encore mieux. Tu vas mourir à petit feu. Tu vas mettre des années. C'est ça que je voulais te dire. Bien sûr que tu le sais, t'es médecin... Mais je ne voulais pas que tu oublies. Il te reste peut-être quarante ans à tirer, et ça sera dans ce fauteuil, attaché pour que tu ne glisses pas, même plus capable de manger tout seul.

Je mets un coup de pied agacé dans le fauteuil.

— Tout ce que tu pourras faire, comme maintenant, c'est baver, mon vieux. Un baveux. Voilà ce que tu es devenu.

Je saisis les deux accoudoirs du fauteuil de Max, le visage à quelques centimètres de lui à peine, la voix tremblante.

— Je te souhaite de vivre encore cent ans. Cent ans à te chier dessus. Tu m'entends ? Tu te rends compte de ce que tu nous as fait ?

Au même moment la porte s'ouvre et l'infirmière qui me découvre penché sur Max, furieux et grondant, pousse un cri. Je me redresse en sursautant mais elle a déjà reculé dans le couloir. Dans les dix secondes qui suivent, j'entends une sonnerie comme une alarme et l'infirmière reparaît, gardant ses distances.

— Qu'est-ce que vous faisiez ? s'exclame-t-elle.

— Rien ! C'est stupide ! Je lui parlais tout simplement.

— Éloignez-vous de lui, continue-t-elle. Éloignez-vous !

L'alarme déchire toujours le silence et je franchis la porte en quelques enjambées, repoussant l'infirmière. Elle crie, hésite entre Max et moi, se décide finalement pour la chambre. J'enfile le couloir en marchant vite. Je croise un infirmier qui arrive en courant et je tends le bras.

— C'est là-bas, je crois. Il y a quelqu'un qui ne va pas bien.

L'infirmier remercie.

Je me mets à courir moi aussi, dans l'autre sens. Je dévale l'escalier et je me heurte presque à l'hôtesse.

— Qu'est-ce qui se passe ? crie-t-elle.

— Il y a un problème au premier.

Elle reste devant moi, hébétée, et je l'écarte sans ménagement pour traverser le hall. On ne joue plus. Le téléphone sonne à l'accueil. Le temps que l'hôtesse décroche et me jette un regard épouvanté, je descends la rampe extérieure en déverrouillant à distance les portières de la voiture. Je m'engouffre dans la BM. Je démarre dans une pluie de gravillons.

Je ne ralentis pas en rejoignant la route, priant pour qu'aucune voiture ne passe au même moment.

Sur le tableau de bord, l'horloge digitale marque seize heures douze. Cela fait dix heures que je suis sorti de taule. Dix heures, et je suis déjà en cavale. Car cela ne fait aucun doute : il y a quatre-vingt-dix pour cent de chances que l'hôpital appelle les flics. J'essaie de rationaliser. Max est indemne. Pas de traces de violence, rien. Passé les premiers instants de panique, ça devrait se calmer. Mais bien sûr ils vont chercher qui était ce visiteur et je ne leur donne pas longtemps pour faire le recoupement entre les membres de la famille et mon jour de sortie. L'hôtesse d'accueil et l'infirmière peuvent me décrire à grands traits. Dans deux heures, ils savent que c'était moi.

Et que j'étais interdit de périmètre.

Dégage, dégage. Fonce.

Le jour se lève sur un petit soleil trop pâle. La brume tapisse le fond de la vallée dans une lumière gris et rose, un peu comme une peinture chinoise. Je ne connais pas de peintre chinois mais c'est l'idée que j'en ai : la cime des arbres émergeant comme une chaîne de montagnes ciselées dans le contre-jour.

Je resserre un peu le col de mon pull sur mon cou, avalant ma dernière gorgée de café. Adossé à un muret, j'écrase ma cigarette en faisant une trace noire sur la pierre. Pas grave, ça partira à la première pluie. Tenant la tasse d'une main et le mégot de l'autre, je traverse lentement la cour et j'entre dans la maison. Une femme pas toute jeune vient aussitôt à moi.

— Donnez, donnez, je vais ranger ça.

Je montre le mégot et je demande où le mettre. Elle m'indique un grand cendrier bleu, me prend la tasse des mains.

— Est-ce que vous dînez là ce soir ? Il faut que j'aille faire des courses.

— Ce soir j'aimerais bien. Si cela ne vous ennuie pas.

— Du tout, proteste-t-elle. Des magrets de canard, cela vous tente ?

— C'est très bien.

Elle s'éloigne.

Je la suis du regard quelques instants.

*

Je monte l'escalier et verrouille la porte de la chambre pour être sûr d'être tranquille. Je m'assieds sur le fauteuil, juste devant la fenêtre ouverte, et je m'étire en fermant les yeux dans un long soupir. La sortie de prison, la visite à Max, tout cela me semble si loin. Quand ça a mal tourné à l'institut, j'ai démarré la voiture et je me suis tiré. Je ne savais pas où. Je suis allé tout droit, vers le sud pour ne pas repasser par Paris. À part la voiture, j'avais mes papiers, une enveloppe pleine de fric. Une couverture dans le coffre, et une bouteille d'eau qui datait d'avant mon emprisonnement. J'ai pris les nationales et les départementales, parce que j'avais trop peur de me faire arrêter sur l'autoroute. J'ai surveillé le compteur ; à force de rouler comme un dingue, j'allais aussi finir par me faire pincer.

Vers dix heures je me suis arrêté pour dîner, de la mauvaise nourriture sur une aire de repos pour routiers, et j'ai dormi quelques heures dans la BM. Au matin je suis reparti, jusqu'à midi. Les petites routes de campagne c'est bien quand on n'est pas fatigué et je ne pensais qu'à me poser. Une région déserte, il me fallait ; au bout d'un moment je me suis dit : *Ça y est.* Ça y ressemblait. Des arbres, des arbres partout, à croire qu'il n'y avait que de la forêt, dans ce pays. Des sapins pour l'essentiel.

Le paysage était plutôt chaud et vallonné. Chaud, c'était comme partout : une année exceptionnelle.

J'ai vu le panneau « chambre d'hôtes » et je suis allé demander s'il y avait de la place. La maison n'était pas reluisante et il y avait des bâches en plastique abandonnées contre une grange : ça aussi, c'était ce que je cherchais. Dans un coin aussi paumé et aussi dénué d'intérêt, j'ai parié que les chambres étaient vides et qu'elles n'étaient pas près de se remplir.

Bien sûr que je me suis fait exagérément peur avec Max. Aujourd'hui, à tête reposée, je m'en rends compte. Mais sur le coup, j'ai été saisi d'angoisse, certain qu'on allait me remettre en taule. Alors je me suis sauvé, vite fait. À force d'y penser, je me suis calmé peu à peu : objectivement, je ne serais pas recherché *pour ça*. Mais la convocation devant le juge restait possible et je n'étais sûr de rien, d'autant plus que j'avais pris la fuite et qu'on savait déjà sûrement que le visiteur de Max ne pouvait être que moi. Ça aurait pu tourner au vinaigre quand même. À peine sorti et déjà parti se coltiner son frère, il n'était pas exclu que je passe pour un type dangereux.

Je crois que je préfère crever plutôt que d'être renvoyé en prison. C'est une chose d'y aller la première fois, quand on ne sait pas à quoi s'attendre, et d'y retourner une seconde fois avec en tête toutes les épreuves qui vont jalonner votre arrivée. Quand j'ai imaginé que je pourrais retomber dans les pattes du grand Gilles, je me suis hérissé et la voiture a fait un bond en avant. *Daï daï, garçon ; file !* J'ai mis vingt-quatre heures une fois installé ici, au bout du monde, à arrêter de trembler.

Les yeux toujours fermés, je caresse de la paume le velours doux et usé des accoudoirs. On est bien dans ces vieux fauteuils si laids. En arrivant, imaginer que d'autres gens avant moi avaient posé leur nuque sur le même dossier m'a gêné, et puis c'était confortable, et j'étais fatigué. Maintenant je savoure le calme et le fauteuil moelleux après la course des derniers jours.

Revoir Max m'a plongé dans un tourbillon douloureux de souvenirs, mais le découvrir dans cet état m'a enthousiasmé. Je lève le poing au ciel dans un cri vengeur. Clouée, l'ordure ! À moitié morte sur son fauteuil. Une loque. Un légume. Je me souviens de la sueur sur son front, de la salive au coin de sa bouche. Il ne peut pas s'essuyer comme je l'aurais fait, tout simplement, d'un revers de main, ou avec un mouchoir. Il peut toujours essayer ! Rien ne se passera, rien. Peut-être qu'il en pleurerait, de la prison de son corps.

Mais il ne peut même pas pleurer.

Au moins pour moi, la taule, c'est fini. Il n'en reste rien, que de mauvais souvenirs, et l'os de mon doigt cassé. Peut-être des cauchemars qui reviendront. Bien peu de chose, au fond. Je suis presque hystérique en y pensant, au grand Gilles enfermé encore pour des années, aux matons qui y sont pour la vie, même aux faux amis dont je me suis entouré moi aussi pour me protéger, je les emmerde tous. Je leur crache dessus, avec leurs règles à la con, leurs couteaux cachés sur eux, leurs menaces et leurs intimidations. Cela fait un an et demi que je dors à peine, toujours sur le qui-vive, même la nuit dans cette cellule où mon collègue n'était pas un gars dangereux, au fond. Mais le mal était fait. Faire attention, tout le temps, je ne pensais qu'à ça. Ne serait-ce que pour ne pas me faire voler mes clopes au milieu de la nuit par cette saleté de Marc. Je lui ai expliqué deux fois, il n'avait qu'à me demander, je ne les lui refuserais pas. La troisième fois je l'ai cogné. Bien sûr le matin Marc a dit qu'il avait glissé la nuit en allant pisser. Avec son nez et sa bouche barbouillés de sang séché ça faisait un peu gros, mais la prison ce n'est pas la vie ordinaire. Là-bas, ça fait partie des choses normales. Le maton a demandé à Marc s'il voulait de l'aspirine, l'autre a dit non, et la porte s'est refermée sur une vague insulte.

Va te laver, je lui ai dit sans le regarder.

C'est moche de vivre l'essentiel de la journée à deux dans une cellule de neuf mètres carrés.

C'est pour ça que j'ai tout fait pour sortir dès que c'était possible. Les promenades, le sport, la bibliothèque, trop peu. Le travail en extérieur, payé quinze centimes de l'heure. Ce n'est pas ça qui importait, ces fichus quinze centimes. En prison ça ne m'a pas servi à grand-chose. Et puis j'étais à l'aise côté finances, j'avais eu un sacré job avant tout cela. J'avais le temps de voir venir.

*

Mon hôtesse, Mme Mignon, est ronde, rose et enjouée. Vaguement blonde aussi, avec ses cheveux tenus en un drôle de chignon qu'on dirait immanquablement raté. Je lui donne soixante-cinq, soixante-dix ans. Il lui manque une dent devant. Quand elle a souri en me voyant la première fois, j'ai eu un petit saisissement. C'est curieux comme cela ne semble pas la gêner.

Mme Mignon est toujours en blouse. Disons, en tout cas, depuis quatre jours que j'ai atterri ici. Des blouses bleu uni ou mouchetées de petites fleurs, avec des poches devant, dans lesquelles elle traîne un couteau, une branche de basilic ou d'estragon, un bout de ficelle. Elle passe la moitié de son temps dans un immense potager. Je ne connais même pas toutes les plantes qui y poussent. Au dîner du deuxième soir elle a fait un drôle de légume, des feuilles cuites étranges, épaisses, inconnues. L'odeur n'était pas franchement alléchante mais je ne pouvais pas trop râler. Heureusement il y avait une sauce à la tomate avec. J'ai demandé ce que c'était. Elle a répondu : *Des blettes. C'est une plante de vieux. Mon arrière-grand-mère en cultivait déjà.*

Ça ressemble aux épinards, j'ai dit en les goûtant. C'était pas trop mauvais en fait.

Elle a acquiescé. C'est vrai. On dirait un peu des épinards. Et elle a souri avec sa dent en moins et encore une fois je me suis dit : *la vache.*

Par la fenêtre, quand je n'ai rien à faire, je la regarde désherber le potager, cueillir une salade, butter un pied de pomme de terre. Je peux rester longtemps, fasciné par cet espace à la fois exubérant et ordonné, tellement décalé de la vétusté de la maison. Des lignes, des carrés, des rames, des fils. Au bout de chaque ligne il y a une plante fleurie. Des rosiers pour une bonne part, et d'autres plantes qui sont encore en boutons. Mme Mignon m'a dit : *des cosmos, des œillets d'Inde, quelques soucis, des bouquets de sauge.* Pour faire joli. Et surtout pour éloigner les insectes.

Parfois je vais m'asseoir sur le muret qui borde le côté du potager et je regarde Mme Mignon et ses légumes. Je lui ai demandé si cela l'ennuyait. Elle a dit que non, si je n'avais pas mieux à faire. J'ai souri :

— Ça m'apaise.

*

Le mari de Mme Mignon part tôt et rentre vers dix-neuf heures. Après le travail il va boire un verre au bistrot avec les collègues de l'usine, il dit : *Pour entretenir les liens de l'amitié.* Je suis étonné qu'il ne soit pas encore à la retraite avec l'allure qu'il a, mais je me suis bien gardé de poser la question, histoire de ne pas faire de gaffe. Je me souviens avoir un jour plaisanté là-dessus avec un plombier portugais, un petit bonhomme trapu à qui je donnais sans hésiter soixante ans ; il en avait quarante-neuf. Alors, chat échaudé, etc.

En attendant M. Mignon est un bonhomme joyeux, avec une moustache brune qui lui donne l'air de sourire en permanence. Il a des sourcils broussailleux dans lesquels, souvent, un petit bout de mousse ou une poussière s'accrochent. Mme Mignon les lui enlève en disant : *Regarde ça, à quoi tu ressembles*.

Le premier soir, contre toute attente, il y a un autre hôte chez les Mignon. Un marchand de textiles et de cuir, un retraité qui vient chaque année de Paris pendant une semaine. Il m'offre une bouteille de calvados, qu'il a dans sa voiture parce qu'il est passé chez un ami qui le fait lui-même. Un de ces bons vieux copains à qui vous n'osez pas dire, au début, que vous n'aimez pas l'alcool, et qui vous en donne pendant quarante ans sans que vous arriviez jamais à le lui avouer, parce que c'est plus difficile d'année en année. Le vieux marchand me raconte que depuis toutes ces années, il a donné les bouteilles à ses enfants, puis à ses petits-enfants. Parfois à des amis. D'autres fois encore, comme ce jour-là, à de parfaits inconnus. Il dit : *Parce que vous avez l'air de quelqu'un de bien*. Cela ne me fait pas sourire. Je me sens vaguement coupable.

Le lendemain quand je me réveille, le marchand est parti. M. Mignon attend impatiemment une heure décente pour me suggérer d'ouvrir le calvados. À onze heures trente il trinque avec moi à la vie, à notre santé, à l'alcool et aux pommes.

Il me demande d'où je viens, ce que je fais, les questions bateau, quoi. J'invente tout : le lieu, les raisons, le passé. Je dis que j'écris des livres. Je ne pouvais rien trouver de plus nul. On l'a entendue dans tous les films, cette réponse bidon. Et je m'écoute raconter que j'ai besoin de respirer et de retrouver de l'inspiration, en me trouvant d'une bêtise à pleurer. Mme Mignon me regarde émerveillée : Dieu merci, elle est trop discrète pour chercher à savoir ce que j'ai publié jusqu'ici. *J'écris sous un pseudo, bien sûr*, je précise.

— Bien sûr, répète-t-elle avec un soupir fasciné.

M. Mignon nous reverse un calvados avec un petit hoquet de satisfaction. Fort heureusement, la littérature ne l'effleure pas.

Et puis ça me revient d'un coup, comme avant.

L'envie de marcher.

C'est tout bête, en dix-neuf mois j'avais oublié à quel point j'étais accro à ces grandes promenades en ville, la nuit le plus souvent, pour me vider la tête, et toujours dans les moments où cela n'allait pas. Ces déambulations de plusieurs heures où j'allais n'importe où, faisant parfois des cercles sur moi-même, d'autres fois traversant Paris depuis le bois de Vincennes jusqu'à Levallois ou Asnières.

Ça me reprend et, ce cinquième jour, je me jette sur la BM pour filer au bourg, à vingt kilomètres de là. Je cherche une librairie et j'achète trois cartes de randonnée. Les cartes bleues, les plus détaillées. Je choisis aussi dans le magasin d'à côté deux pantalons en toile avec des poches sur le devant, des grosses chaussures de marche, un petit sac à dos et une bouteille d'eau. Et un téléphone portable, à carte, juste après. Pour appeler Lil. Mais j'ai peur qu'elle ne soit sur écoute ; ce serait trop bête. J'hésite longtemps, un doigt sur les touches, balançant entre la conviction que tout cela est trop bénin pour mobiliser les flics, et un doute indépassable.

Lil connaissait sûrement la date de ma sortie de prison. Je n'ai pas voulu lui demander de venir, je trouvais ça sordide. Peut-être qu'elle s'inquiétera de ne pas me voir la rejoindre ; en même temps je n'avais rien promis. Je balaie tout cela d'un geste de la main : pour l'instant seul mon sort retient vraiment mon attention. Je finis par mettre le téléphone dans ma poche. On verra dans quelques jours.

En rentrant chez les Mignon, je déploie l'une des cartes et j'essaie de me repérer. Nous sommes au bord d'une immense étendue verte au milieu de laquelle des traits simples ou pointillés signalent des chemins plus ou moins praticables. De rares petits rectangles noirs indiquent l'emplacement de fermes isolées et de hameaux. En fait de promenades urbaines, je vais découvrir le désert de la campagne ; je ne suis pas certain d'apprécier plus que cela. Mais rien d'autre ne s'offre à moi. Mme Mignon, qui est venue regarder la carte par-dessus mon épaule, finit par me montrer l'endroit où nous nous trouvons. *Ah*, je dis. *Ça ?* Six pauvres taches pour les quelques maisons du lieu-dit, un nom curieux, Le Lait. Elle m'explique : *Dans le temps les gens des villages d'à côté venaient chercher leur lait ici parce que c'était le seul élevage du coin.* Elle précise, *du lait de vache*. Les chèvres, il y en avait partout ailleurs. Seuls les paysans qui avaient réussi possédaient alors des vaches.

Je hoche la tête, je suis du doigt un chemin sur la carte.

— Pas par là, dit Mme Mignon. Ils ont fait des coupes de bois l'hiver passé et tous les chemins sont modifiés, vous ne vous y retrouverez pas.

Avec mes chaussures et mon pantalon neufs, mon sac à dos et ma carte à la main, je ressemble sans l'ombre d'un doute à l'un de ces touristes ridicules qui doivent arpenter les chemins du pays chaque été. Je le dis à Mme Mignon, histoire d'anticiper son sourire indulgent. *Dès que vous aurez marché dans la boue, ça n'y paraîtra plus*, me rassure-t-elle. De la boue ? Il fait sec depuis des semaines et, dans les prés, l'herbe n'a pas trouvé la force de repousser. Je fais une moue. *Vous risquez d'avoir la pluie*, insiste la vieille. *Le ciel est blanc*. Je regarde en l'air et je ne la crois pas. Un très léger vent allège l'air doux de ce printemps précoce, l'occasion idéale pour me lancer. Je montre sur la carte une boucle qui doit faire dans les quatre, cinq kilomètres. Une petite balade, pour voir.

Je m'éloigne sur le chemin. Mme Mignon me fait un signe de la main comme si je partais pour des jours et des jours ; elle a insisté pour que j'emporte ma bouteille d'eau.

Au bout d'un quart d'heure, la différence d'avec les rues urbaines m'arrête, étonné. Moi qui marchais des heures dans Paris, le souffle me manque. Je ronchonne, *trop rapide*. Trop vite. Ici il n'y a pas de terrain plat : soit ça monte, soit ça descend. Pour l'instant ça monte, et sec.

Je reprends haleine, le cœur sautant dans la poitrine. Sur la carte, les cercles concentriques rapprochés indiquent les dénivellements que je m'efforce de parcourir en râlant : je n'y avais pas fait attention. Devant moi, la forêt dense me cache la perspective au-delà de cent mètres mais le chemin qui louvoie semble grimper indéfiniment. *Allons*, dis-je dans un murmure. Je me remets en route plus lentement, gérant ma respiration encore courte.

D'habitude je marche vite, les yeux rivés au sol, avançant d'un pas militaire et concentré. La marche, ça n'est pas un plaisir. C'est un exercice mécanique et monotone par lequel j'expie mes pensées noires et mes sombres humeurs. Là, mon souffle irrégulier m'oblige à relever la tête pour aspirer l'air. Je vois des choses que je ne regarde jamais. Des troncs d'arbres qui s'élancent vers le ciel. La mousse sur les pierres. Les feuilles mortes de l'automne dernier tapissant le sous-bois. De temps en temps, un oiseau s'envole dans un bruissement de feuilles et de plumes, juste à côté de moi. Je ne le devine jamais, je sursaute à chaque fois.

L'air est chaud, lourd en fait, et le ciel s'est grisé.

Je regarde l'horizon laiteux.

À l'embranchement suivant, deux petites marques blanches s'alignent sur un poteau en bois en signalant un virage à gauche. La carte reproduit fidèlement la fourche, il n'y a qu'à suivre les lignes.

Je ne ralentis pas, guettant les nuages qui s'accumulent. Mais je tique en pensant à la mère Mignon qui avait raison.

À la moitié du trajet, le chemin commence à redescendre. Je marche vite, mes jambes avancent toutes seules. Une sensation grisante s'empare de moi, l'impression trompeuse de filer dans le vent, sans fatigue, sans lourdeur.

Je joue à fermer les yeux en essayant de marcher droit. C'est un truc qu'on faisait quand on était gamins avec Max : compter jusqu'à trois, rouvrir les yeux. On déviait tout le temps du chemin ; parfois quand c'était mon tour, Max me poussait dans le dos et me faisait tomber dans le fossé. Là je ne risque rien. Je vais de travers mais je me reprends, quatre ou cinq fois de suite. À un moment je rouvre les yeux juste à temps, à quelques centimètres d'un arbre, prêt à rentrer dedans la tête la première. J'éclate de rire tout seul. Je respire un grand coup avec le sentiment de recommencer à vivre. À quoi cela tient.

Au moment où j'aperçois la maison de loin, les premières gouttes de pluie s'écrasent sur mon front. Je finis en courant et j'arrive cinq bonnes minutes plus tard hors d'haleine, la poitrine en feu. La vieille m'attend avec une tasse de thé et des petits cakes qu'elle a faits elle-même. Je sens que je vais me plaire ici.

Le jour suivant, je descends de ma chambre après avoir longuement regardé les cartes de randonnée. J'ai fait un revers à mon pantalon trop long. Comme ça ne tient pas, je l'agrafe à trois endroits sur chaque jambe. Mme Mignon, qui passe à ce moment-là, pousse un petit cri.

— Donnez-moi ça, dit-elle, je vais vous faire les ourlets, ça ne prendra pas longtemps. Vous ne pouvez pas agrafer ça comme ça, enfin !

Je me défends en lui assurant que je m'en moque mais elle ne cède pas. Les agrafes vont rouiller, elles feront des taches sur le pantalon, Mme Mignon ne peut pas imaginer que je m'en contrefoute. Bien obligé, je monte dans ma chambre pour remettre mon jeans et lui donner les deux pantalons de toile ; elle les prend avec un soupir de victoire.

— Vous avez décidé de vous promener ?

J'acquiesce et je lui décris le parcours que j'ai choisi.

— C'est beau par là, dit-elle, le coin des Grandes Gorges. C'est un peu long peut-être, mais c'est magnifique, tout perdu, tout sauvage. On ne peut y aller qu'à pied. Je vais vous préparer un casse-croûte pour le déjeuner.

Je remercie, je demande si je peux l'aider. Elle me tend une passoire et m'indique un endroit du bout du doigt, au fond du potager à droite. Si je pouvais cueillir des petits pois, ça l'avancerait. À ras bord de la passoire. S'il vous plaît.

Je sors en sifflotant.

Les Grandes Gorges ne sont pas très spectaculaires car leur dénivelé reste relativement modeste malgré l'encaissement, mais les roches moutonnées et les marmites de géant me laissent sans voix. Je descends jusqu'à la rivière qui coule au fond, bordée d'arbres et de fougères. Le soleil qui perce jusque-là donne un éclat presque éblouissant aux petites cascades.

Je ne regrette pas d'avoir mis trois heures à faire les neuf kilomètres qui me séparent dorénavant de la BM, garée plus bas au bord de la forêt. Le murmure de la rivière me ravit, joyeux, serein. Je me passe un peu d'eau sur le visage et je m'assieds sur une pierre en entamant l'énorme sandwich préparé par Mme Mignon. Je m'aperçois qu'elle a ajouté dans mon sac, à côté de ma bouteille d'eau, une gourde pleine de cidre. Je souris en l'ouvrant et j'en vide la moitié d'un trait. La boisson est douce et encore fraîche. On dirait presque du jus de pomme.

La rivière ne fait pas plus de vingt ou trente centimètres de profondeur à mes pieds, mais le courant et les tourbillons, qui jouent autour des pierres et du tracé sinueux des rives, font un bruit constant, vif et espiègle. Je m'abîme un long moment dans une semi-rêverie, le regard flottant sur l'eau, les oreilles enchantées par ce murmure régulier. Dans ma poche, je sens le portable ; peut-être aurais-je eu l'élan de composer le numéro de Lil à un moment comme celui-ci, mais il n'y a aucun réseau par ici. J'ai vérifié deux fois.

Je jette de temps en temps une brindille que la rivière emmène sans ménagement. Certaines s'agglutinent dans des recoins où elles restent bloquées par une autre branche ou un caillou trop large.

Ces brindilles coincées, ça me ressemble.

Je m'aventure prudemment à ouvrir mes pensées à Lil, la poitrine serrée sur le regret de ne pas être allé la voir en sortant. J'ai préféré narguer Max, jouir du spectacle de cette chose abîmée, parce que j'avais besoin de le voir de mes yeux pour tourner la page. Je m'en veux d'avoir fait passer ma colère avant Lil.

Le con que je fais. Pendant ces dix-neuf mois de prison, j'ai quasiment coupé les ponts avec elle. Même pas à cause de ce qui s'était passé : au fond, je savais déjà que je lui reviendrais. Mais après quelques semaines d'enfermement, j'ai pensé que c'était fini, la vie. Une angoisse, comme ça, un coup de panique. Un truc idiot. Je me suis replié sur moi-même. Dix-neuf mois ce n'était rien. Ils auraient passé comme un souffle, comme une parenthèse. Seulement je n'y ai pas cru. Je sais que j'ai eu tort. J'ai serré les poings lorsque le psy, en prison, m'a suggéré que je cherchais à me punir moi-même pour ce que j'avais fait à Max.

Max, je m'en fous. Je lui crache dessus. Je n'ai jamais eu l'ombre d'un remords. Mais depuis ce moment-là, la question s'est blottie dans un coin de ma tête, comme un petit poison. Sans que j'arrive à rien faire, à rien décider.

Je lève les yeux au ciel et je dessine le visage de Lil dans le bleu absolu. Un visage fin et rieur, des mèches blondes et courtes, indisciplinées. Je pose une main sur l'image qui se dissout lentement, et pourtant je la touche à peine. Je dis son nom à voix basse, *Lil. Lil.*

Arrêter d'y penser, bon sang. Fermant le poing sur une sensation étrange, je me lève, reprends mon sac. OK, la brèche est suffisante pour aujourd'hui ; peut-être que demain je la rouvrirai – un peu. Au-dessus de moi la falaise offre ses flancs abrupts, des arbustes secs agrippés dans les failles ici et là. La pierre est gris et rose. Encore un effort : le sommet m'attend. Je balaie de la main les poussières sur mon pantalon et je me mets en route.

Mon cœur s'arrache à l'image effacée de Lil.

Je prends l'habitude de partir marcher chaque jour vers onze heures. Mme Mignon me prépare toujours un casse-croûte, un sandwich ou une quiche froide, un fruit, une part du gâteau qu'elle vient de cuire, du cidre. J'ai insisté pour les payer au prix du déjeuner. Elle suit mes parcours avec attention, me donne quelques conseils sur les chemins que je lui montre sur la carte. Certains n'existent plus ou sont complètement envahis par les ronces et les épines noires. Il y a trois jours, j'ai dû faire demi-tour après deux heures de marche en arrivant à la croisée d'une douzaine de chemins d'exploitation forestière. Aucun d'eux ne figurait sur la carte. Je n'ai pas tenté d'en choisir un au hasard : cela pouvait m'amener à un détour de plusieurs kilomètres et le portable ne passe nulle part dans ce coin perdu.

Il y a peu de monde par ici et je ne croise personne pendant mes promenades. Mme Mignon dit que c'est normal, ce n'est pas encore la période des vacances. En juillet et en août, il y en a, du randonneur.

J'ai rencontré une fois un type à l'allure militaire : sec et cadencé, le sourire avare, me saluant d'un petit geste de la tête en passant sans ralentir. Ce n'est pas vraiment que j'aie cette image-là des militaires, mais ce type, je suis sûr qu'il en était. Il marchait en short, jambes noueuses et sac à dos kaki, puant la discipline à vingt mètres. Ou alors, un vieux scout. Pour moi c'est kif-kif bourricot tout ça.

Le dimanche, en haut d'un plateau plongeant dans la vallée, j'ai croisé une famille, une seule. Les parents, un gamin d'une douzaine d'années sans doute, et un chien.

Nous nous sommes salués en échangeant quelques banalités ; ils étaient du coin, la marche était leur passion, ils y passaient leurs week-ends et leurs vacances. J'ai un peu exagéré en disant à quel point j'appréciais leur région, ils se sont éclairés d'un sourire ravi.

Et puis, devant le chien, je me suis arrêté. Un rottweiler, tout jeune, je pense. Avec les mêmes yeux que moi. Un bleu, un marron. Lui aussi c'est son œil droit qui était bleu.

J'ai regardé le chien, qui m'a regardé. Cela m'était déjà arrivé une fois, une vingtaine d'années auparavant, de croiser un chien vairon et cela m'avait fait le même effet presque magique. J'ai souri. J'ai dit aux gens :

— C'est un très beau chien.

— Il s'appelle Jess, a répondu le gamin tout fier.

J'ai regardé le chien à nouveau, immobile, qui me fixait avec une acuité surprenante, comme s'il découvrait son reflet dans un miroir. Sans doute je me faisais des idées, mais sait-on jamais – alors je lui ai fait un clin d'œil. *Au revoir*, j'ai dit. Le gamin s'est précipité vers sa mère et a chuchoté trop fort : *Tu as vu ? Il a les mêmes yeux que Jess !*

Chut, elle a dit. *On ne parle pas des gens comme ça.*

En général je rentre vers dix-huit heures, les jambes dures et fatiguées. Je me jette sous une longue douche et j'attends en rêvant le dîner de Mme Mignon. Voilà à quoi ressemblent mes journées. Il y a une certaine vacuité dans mon existence ; il en a toujours été ainsi. Le rythme que je retrouve est en rupture avec l'agitation inutile et nerveuse de la prison. Le matin, épuisé, je reste cloué au lit jusqu'à neuf heures. Peut-être le contrecoup, je ne sais pas. Sur ma table de nuit, il y a un livre de Marguerite Duras que je n'ai pas ouvert, et le portable inutile que je laisse là maintenant. La batterie doit être déchargée depuis longtemps.

J'ai l'impression de me nettoyer l'âme jour après jour, très lentement. Je me surveille, je vais cracher mes peurs et mes idées noires dans les ravins chaque fois que je marche. Il y a du mieux. L'autre jour, M. Mignon m'a mis une claque sur l'épaule sans que je sursaute et je n'ai pas fait de cauchemars cette nuit.

Cela fait deux fois que j'hésite à demander à Mme Mignon si je peux appeler Lil depuis son téléphone fixe, pour la rassurer. Pour l'entendre. Je rentrerai bientôt, c'est sûr.

Ce matin quand je suis descendu, il était déjà tard. Comme souvent les mauvais dormeurs, je récupère des morceaux de nuit au petit matin. À presque midi, je n'ai pas osé demander un café et je me suis assis dehors sur la terrasse, allumant une cigarette. Mme Mignon est arrivée quelques minutes plus tard avec une tasse sur un plateau et deux tartines beurrées.

— Oh, j'ai dit, il ne fallait pas. Je suis désolé de ne pas être descendu plus tôt.

— Vous, les jeunes, vous avez besoin de récupérer. C'est normal. Ne vous en faites pas pour ça.

Ça m'a fait plaisir qu'elle m'assimile aux jeunes, même si je ne suis pas dupe. Il y a des jours où je me sens tellement usé. Jeune, oui, par rapport à elle ! Mais mon corps me semble parfois brisé.

J'ai bu mon café à petites gorgées, heureux qu'il soit trop chaud, heureux de prendre mon temps. J'ai déplié la carte sur la table en teck. Mme Mignon m'a montré un trajet insoupçonnable. Je ne voyais aucun chemin et je le lui ai dit ; elle a répondu qu'il y avait une sente, et que si je réussissais à la trouver, j'arriverais dans une sorte de crevasse qui permettait de monter jusqu'en haut du petit mont. Et là, la vue était à couper le souffle. Elle a précisé qu'il y avait un panneau « privé » mais que je pouvais passer, ça appartenait à sa famille. Elle a tracé le chemin au crayon, elle a dit : *À peu près, hein.* Elle m'a montré où laisser la BM. Elle a souri.

Quand je lui ai demandé si je pouvais appeler Lil, elle a dit : *Sans problème.* Mais après. Après cette belle promenade. *Sinon vous allez partir trop tard.*

Je n'ai pas remarqué la petite lueur dans son regard.

Oh, comme j'aurais dû.

Il fait chaud quand j'arrive là-haut et le dos de mon tee-shirt est trempé, mais la vue sur la vallée m'arrache en effet un sourire exalté. J'avance lentement vers le bord du plateau. Avec la chaleur, des bancs de brume voilent le ciel et dessinent des lambeaux blancs et nonchalants. Je regarde ma montre, j'ai mis presque quatre heures à monter. Je pose mon sac et je fais quelques pas pour me remplir les yeux de cette situation magnifique. On a une vue à cent quatre-vingts degrés et je balaie les villages, les lacs, les bois comme si je regardais une maquette. Sur la carte, je repère l'étang des Poissons qui est pourtant à une quinzaine de kilomètres de là. Au loin, les montagnes que je devine à peine, cachées par la brume, se situent au moins à cent cinquante kilomètres.

Je reste un moment, suant, fatigué, heureux.

Au bout du plateau, sur le côté, une maison abandonnée se cache dans les grandes herbes folles. Je m'approche et je la regarde, étonné de la découvrir, cherchant à quoi elle a pu servir, aussi isolée du monde. Une bergerie peut-être. Un abri de secours, un relais. Le bâtiment en pierres est assez bas, suffisamment pour que je remarque le toit ouvert ici et là, les ardoises ayant glissé sur leurs crochets rouillés. Mais la maison doit bien faire quinze ou vingt mètres de long, noyée par endroits sous des bouquets d'hortensias en bourgeons.

C'est curieux, cette maison, je ne l'aurais jamais vue si un bruit ne m'avait pas fait tourner la tête, si je n'avais pas avancé sur ce côté perdu. C'est comme si elle m'avait appelé.

Je fais encore quelques pas et je m'arrête dans la cour, interloqué. Au fond, je devine un potager – c'est le pays des potagers ici –, et pas abandonné, lui. Je m'avance encore, je me penche pour mieux voir.

Un potager presque aussi grand que celui de Mme Mignon, planqué derrière les herbes. Je secoue la tête sans comprendre.

— C'que vous fichez là ?

Je me retourne, saisi. Un vieil homme se tient à une dizaine de mètres de moi. Il a un fusil dans les mains.

Le fusil est tourné vers moi. Dieu.

Dans un geste réflexe de soumission, je lève les mains et je baisse la tête. Mon cœur bat comme un fou.

— C'est bon ! je dis d'une voix forte pour que le vieil homme entende. Tout va bien !

— Je répète, crie le vieux sans bouger un cil. Qu'est-ce que vous foutez là ?

— Je me promenais. J'ai cru que la maison était abandonnée !

— Fais voir ta tête ?

Je me redresse lentement, les mains toujours en l'air. J'essaie d'avoir l'air aimable mais le sourire ne me vient pas. En face de moi, le vieux avance de deux pas pour me dévisager. Il n'est pas grand, un mètre soixante, soixante-cinq peut-être, la barbe et les cheveux coupés court, entièrement blancs. Il porte une salopette bleue et marche en boitillant. Il me contemple quelques instants, murmure un *Ah* comme un constat, comme s'il me reconnaissait. Avec son fusil, il fait un geste vers la gauche. Je me dépêche de marcher vers l'endroit qu'il m'indique, les jambes en coton.

— Tu n'es pas un ami d'Henri, au moins ? demande-t-il en fronçant les sourcils.

— Non ! je réponds très vite. Je ne connais pas de Henri. Je me promenais, c'est tout ! Encore une fois, je suis désolé. Je suis en vacances chez Mme Mignon, en bas, je ne savais pas que vous habitiez là. Je suis venu devant chez vous pour voir le paysage.

— Oh, fait le vieux.

Il baisse son fusil, l'appuie contre le mur de la maison.

— Chez Mme Mignon, tu dis ?

— Oui. Je suis chez elle depuis une dizaine de jours.

— Et qu'est-ce que tu fous là ?

— Euh… en fait je suis en vacances.

Il sort un paquet de tabac à rouler de sa poche de salopette, du tabac brun, fort, qui brûle la gorge. Il roule une cigarette et je remarque la raideur de ses doigts.

— Tu en veux une ?

— Non merci, je dis, surpris par le changement d'attitude. C'est trop fort pour moi. J'ai des cigarettes normales. Je peux en prendre une ?

Je les sors lentement de ma poche et le vieux m'observe avec attention, les yeux plissés, visiblement prêt à reprendre son fusil. J'allume une cigarette et j'avale la fumée avec un intense soulagement. J'ai quand même pris un sacré coup de peur. Le vieux se détend aussi.

— Rentre, dit-il. Tu veux un café ?

Pris de court, je reste muet devant le vieil homme, figé aussi par ses yeux bleus presque blancs qui lui donnent un regard étrange.

— Eh bien ?

— Si ça ne vous dérange pas. Avec plaisir.

Le vieux marmonne en haussant les épaules.

— Si ça me dérangeait, je ne l'aurais pas proposé.

Il prend le fusil au passage et rentre dans la maison. En le voyant disparaître à l'intérieur, je manque partir en courant. Et puis je me raisonne. Quand on habite seul ici à cet âge-là, on est forcément sur ses gardes. C'est isolé, loin de tout. Je mets mécaniquement la main à ma poche, pour vérifier que j'ai bien mon portable. Je grimace en me rappelant que je ne le prends plus avec moi et que de toute façon je n'ai pas trouvé le moindre réseau depuis que je suis arrivé là.

Quand j'y repense, quelle frousse j'ai eue quand ce vieux con m'a surpris avec son fusil.

Ce qui m'étonne, c'est qu'il n'y ait pas de chien dans un coin comme celui-là.

Je rentre derrière lui.

— Assieds-toi, dit-il en montrant une chaise en fer rouillé qui a dû être rouge il y a longtemps.

Je m'exécute, mes yeux s'habituant au manque de lumière de cette maison trop sombre. Quelque chose me déplaît immédiatement, impossible de savoir quoi. Une atmosphère curieuse. Ou peut-être simplement une *odeur*.

Le vieux verse le café, ne propose pas de sucre. Je prends en hésitant le mazagran pas très net.

— Merci, je dis.

Bien obligé. Le vieux attrape une petite boîte d'allumettes et rallume la cigarette éteinte au bout de ses lèvres.

— Vous n'avez pas de briquet, je remarque en cherchant à meubler le silence.

— J'ai de l'arthrose dans les mains. C'est plus facile avec des allumettes pour moi.

Je prends une gorgée de café âcre, trop fort. Je suis sûr que c'est du robusta. Ou même de la Ricoré. Proprement dégueulasse.

— Alors tu es en vacances ? demande le vieux.

— Oui.

— Tout seul ?

Je grimace.

— Oui, tout seul.

— T'as pas de bougresse, pas de famille avec toi ?

— Je suis tout seul.

Le vieux hoche la tête avec un sourire en coin.

— Tiens.

Je n'aime pas sa façon de dire ça. Avec n'importe qui d'autre je finirais mon café en me brûlant, ou même je le planterais là, et je partirais. Mais c'est un vieux, j'ai le respect. Seulement je regrette d'être entré là, je ne les sens pas du tout, ce vieux, sa maison, ses insinuations. Son fusil.

— On n'a pas souvent de visite ici, dit-il en secouant son allumette pour l'éteindre.

Je le regarde avec une interrogation.

— « On » ?

— Mon frère et moi.

— Je ne l'ai pas vu.

— On vit ici depuis plus de soixante-dix ans.

— Il fait quoi, votre frère ?

— Il est pas commode, rit le vieux avec un air bizarre.

Je pose mes mains sur la table.

— Je crois que je vais y aller. J'ai un paquet d'heures pour redescendre. Je vous remercie pour le café.

Un froissement attire mon attention mais le vieux en face de moi lève la main, m'obligeant à le regarder.

— Attends.

Je croise son regard presque blanc.

Au même instant ma tête éclate sous l'impact du coup que je reçois, par-derrière.

J'entends un gémissement.

Le mien.

Je m'effondre comme une masse.

Lorsque j'étais enfant, à l'école, en famille, entre amis, je passais pour celui qui n'avait jamais de chance. Toujours désigné par le mauvais sort. La poisse, quoi. À l'époque ce n'étaient que de petits sorts, et au fond cela n'avait pas d'importance. Celui qui sortirait fermer le portail sous la pluie, celui qui serait le chat quand nous jouions, celui qui irait récupérer le ballon chez la voisine dont nous avions cassé un carreau. Celui qui marchait sur une branche morte quand nous essayions de ne pas faire de bruit. Celui qui tombait toujours sur la paille la plus courte, en fait.

Il y a une période de ma vie pendant laquelle j'en ai même tiré une certaine fierté. Mais il m'est arrivé aussi de rentrer en pleurant parce qu'il n'y avait pas assez de places dans la voiture et qu'il avait bien fallu en éliminer un pour aller au parc d'attractions.

À la maison, ma mère évitait les tirages au sort et les jeux de hasard depuis qu'elle avait compris que je perdais chaque fois. Mais Max, quand il avait des amis, s'arrangeait toujours pour nous faire jeter les dés ou tirer au sort.

J'ai beaucoup pleuré, enfant.

Peut-être parce que la vie adulte est moins cruelle que celle des enfants, j'ai eu l'impression, pendant des années, que cela s'atténuait. J'étais simplement quelqu'un qui n'avait pas de chance. Est-ce que je devais m'attendre à ce que cela recommence un jour ? Je ne sais pas. Cela aurait tout aussi bien pu passer pour de bon. Et puis je n'ai jamais pensé que j'étais marqué par le sort. Maudit. Peut-être que j'aurais dû me poser la question. Peut-être bien.

Mais aurais-je évité *cela* ?

*

Je reprends conscience par à-coups.

La souffrance est telle que je n'essaie même pas d'ouvrir les yeux. C'est comme si quelqu'un continuait à me cogner la tête méthodiquement, violemment. Les nausées me donnent l'impression de tanguer et je crois que je vais vomir.

Je reste un long moment à flotter ainsi, remontant des limbes ou n'importe quoi d'autre qui y ressemble. Je suis allongé sur quelque chose de dur, peut-être par terre. Ça sent le moisi, l'humidité enfermée. Mes idées se remettent en place une à une, incertaines. La maison abîmée. Le vieux en salopette. Je me rappelle aussi son invitation pour le café, ma sensation désagréable en face de lui.

Son regard blanc levé sur moi. Juste avant le choc.

Je fais un geste de défense, anticipant le coup dont le souvenir me revient brusquement ; le mouvement me secoue, m'arrachant un cri de douleur fulgurante dans la tête.

Je m'évanouis à nouveau.

*

Quand je reviens à moi, je mets plusieurs minutes à calmer ma respiration haletante. Ma tête bat comme un cœur affolé.

J'entrouvre les yeux, à grand-peine.

Mais rien ne se passe.

Il fait nuit autour de moi et je ne vois rien, absolument rien.

Un cri rauque, épouvanté, sort de ma poitrine comme un refus sauvage.

— Non, non !

Je suis aveugle.

*

Je tends les bras en avant dans mon obscurité et je me cogne à ce qui doit être un mur. Au même moment un bruit de cliquetis m'arrête ; un bruit qui pend à mon poignet, lourd et froid. Prudemment, j'effleure ma main et je tressaille en sentant un bracelet métallique, large, pesant, relié à des mailles épaisses que je suis du doigt en tremblant.

Une chaîne. Dieu, je suis enchaîné.

Pris de panique, je regarde à gauche et à droite au mépris des douleurs fulgurantes qui me traversent le crâne, cherchant à me relever, glissant et tombant d'une planche qui a dû me servir de couchette. Je me rends compte que mes pieds aussi sont enchaînés entre eux. Les mains plaquées sur la tête, j'écarquille les yeux désespérément sans percevoir la moindre lueur. Une longue plainte inarticulée s'échappe de ma gorge, incrédule et effarée. Au même moment, une voix s'élève à ma droite.

— Hé.

Cette fois je pousse un hurlement. Je recule en heurtant le mur derrière moi. Recroquevillé sur la couchette dure, les yeux fermés comme si cela pouvait y changer quelque chose, je mets mes bras sur la tête pour me protéger. Mon cœur s'emballe si violemment que je suis certain qu'il va exploser. Impossible de reprendre mon souffle.

— Hé, reprend la voix. Calme-toi.

Je beugle pour surmonter ma terreur, toujours enroulé sous mes bras, persuadé que je vais prendre un autre mauvais coup.

— Mais vous êtes qui ?

Je reçois en réponse une respiration horrible, sifflante et blessée, une respiration à bout de souffle qui me fait frémir. Les yeux exorbités sur mon obscurité, je laisse passer le silence.

— Je m'appelle Luc, dit la voix de loin.

Mais je me tais, terrassé, incapable de comprendre ce qui se passe. Même l'endroit où je me trouve est incertain : la dernière fois, j'étais dans la maison avec le vieux. Mais là ? Il y a cette odeur.

Encore une fois je cherche à ouvrir les yeux et la pénombre persiste, ne dessinant ni forme ni ombre. Je me mets à pleurer sans bruit, à bout de nerfs.

*

Lentement la voix répète, en même temps proche et lointaine :

— Je m'appelle Luc.

Je réponds cette fois, la voix hoquetante.

— Mais qu'est-ce que vous voulez ?

J'entends un suintement dont je saisis que c'est une sorte de rire.

— Moi ? Je ne veux rien.

— Je ne comprends pas. Je vous jure que je ne comprends pas. Il doit y avoir une horrible erreur.

— Te fatigue pas, dit la voix. C'est pas moi. C'est eux.

— Eux ?

— Les vieux.

Figé sur la couchette, je laisse les images me revenir encore une fois. Toujours les mêmes, en boucle. Le vieux, la salopette, ses doigts raides. Le bruit du choc. Je reprends ma respiration.

— Le vieux que j'ai vu en arrivant ?

— Ouais. C'est ça.

— Excusez-moi mais qui êtes-vous ?

Pas de réponse. Le bruit de la chaîne quand je me passe une main sur le visage me fait frissonner.

— Je ne vois plus rien, je dis.

— C'est le coup sur la tête. Ça va revenir.

— Vous êtes sûr ?

— Ouais. Sûr.

— Qu'est-ce que vous faites là ?

— La même chose que toi.

— Hein ?

— La même chose, je te dis.

La voix s'interrompt dans une petite toux éreintée. J'attends que cela se calme.

Je murmure :

— Je ne comprends pas ce que vous dites.

La voix reste éloignée de moi. Je préfère.

— Toi et moi, on marche ensemble, maintenant, mon pote.

Je me prends la tête dans les mains. *Mon pote*. Mais qui est ce type ? Un instant, je me demande si le coup que j'ai pris derrière la tête ne peut pas avoir provoqué des lésions graves. Malgré moi je sens les larmes couler sur mes joues. Je fais un cauchemar. Ça ne peut être qu'une saleté de merde de cauchemar. Et je ne me réveille pas.

L'autre se tait longtemps. Quand j'entends son souffle épuisé reprendre par à-coups, je me redresse, les oreilles aux aguets.

— On est dans la cave de la maison, murmure-t-il pour s'économiser sans doute. Enfermés chez deux tarés, dans le trou du cul du monde.

Un silence pénible plane un long moment.

Je recolle les morceaux ensemble, un à un. Les raisons pour lesquelles je serais enchaîné dans une cave avec un autre type dont je ne comprends pas non plus pourquoi il est là, tout cela m'échappe complètement. Je hasarde :

— Deux *tarés* ?

— Les vieux. Des fous, des malades. Dangereux.

Étourdi et migraineux, je cherche dans mes souvenirs comme un forcené. Je dis :

— J'ai rien fait de mal.

L'autre ricane, il me semble.

— Et puis ?

Nous nous taisons encore. La peur me donne une envie terrible d'uriner mais je n'ose pas demander au type à côté. J'entends ma voix trembler quand je reprends :

— Mais qu'est-ce qu'on fait ici ?

Il y a un long raclement de gorge.

— Un truc pas possible, mon gars.

Il tousse encore, s'excuse. Il élève la voix pour être sûr que j'entende :

— On est leurs esclaves.

Et il continue en marmonnant pour lui-même, *Ouais, des esclaves, des putains d'esclaves, voilà, y a pas d'autre mot.*

Je reste muet de stupeur un instant et puis je ris un peu, jaune, presque persuadé que c'est une plaisanterie.

— Leurs esclaves ? Mais… je ne comprends pas.

— Un esclave, ça ne te dit rien ? s'énerve l'autre. Un larbin ! Un loufiat ! Là, ça te dit ?

Abasourdi, je suis incapable de dire un mot tout de suite.

— Mais… c'est impossible !

— Impossible ? Et pourquoi ça ?

Je ne trouve rien à répondre. Parce que ça n'existe plus, parce que ça ne se fait pas, parce que, enfin, non. Je tente en hésitant :

— Alors vous… vous êtes ici pour ça ?

— Tu n'y crois pas, hein ?

Je me tais.

Je l'entends se retourner au bruit de ses chaînes, gémir un peu. Sa voix rauque s'éteint.

— Tu vas voir. Hélas, tu vas voir.

Le type, là, Luc, avait raison. La vue m'est revenue quelques heures plus tard. Encore que j'aie du mal à me situer et que cela pouvait faire plus. Je n'avais plus trop la notion du temps avec mes paupières ouvertes sur l'obscurité. Et je ne savais pas combien d'heures j'étais resté inconscient après avoir été assommé.

En attendant je commençais à délirer, je crevais de soif. Luc m'avait prévenu par petites phrases, comme pour ne pas me faire peur : les vieux allaient me laisser mariner un moment, histoire de ne pas prendre de risques. Quand je serais à moitié mort de soif et de faim, ils viendraient.

Ils viendraient.

Faire quoi ? Je me suis mis à les attendre et à les appréhender en même temps.

Immobile.

Et puis un peu de lumière s'est dessinée dans la pièce, une forme allongée à l'autre bout aussi, et j'ai cru que je divaguais. Une sorte de rêve, je me suis dit.

La lumière restait là.

Alors je me suis redressé sur la planche qui me servait de couchette et j'ai appelé Luc.

— Oh.

Il n'a pas réagi et j'ai insisté. Il s'est retourné, s'est assis sur le bord du lit et m'a regardé, hébété. Je lui ai presque crié :

— Je crois que ça y est. Je vois !

J'étais heureux bêtement, de manière insensée. Je voyais la cave, je voyais la terre, l'escalier au fond qui remontait vers la maison. Luc continuait à me regarder. Je l'ai entendu marmonner quelque chose de pas sympa, un truc comme *Et t'es content, ducon ?* et je me suis tu. Je l'ai découvert, un drôle de vieux type avec l'air bien fou, son visage terriblement maigre, sa barbe grise, hirsute, ses vêtements déchirés. Il m'a souri et j'ai vu les dents qui lui manquaient.

Il a dit :

— Bienvenue en enfer.

*

Peu à peu j'ai replié mes jambes et j'ai passé mes bras autour. Le bruit des lourdes chaînes a suivi chacun de mes mouvements. Il faisait chaud. J'étais glacé.

Mes yeux se sont habitués à cette nouvelle obscurité et j'ai contemplé, la gorge serrée, la cave où nous étions. Pour la première fois, j'ai vu la chaîne qui reliait mon poignet au mur, et celle qui retenait mes chevilles entre elles.

La cave est en terre battue et fait à peu près quarante mètres carrés. Il y a un soupirail sur la façade, de la taille d'une caisse de vin. C'est la seule source de lumière ici. Nous avons chacun un lit, une planche en fait. Et un seau pour… enfin, il n'y a qu'à imaginer. Dès que j'ai compris, je suis allé pisser.

Je pose en hésitant une main sur le sol qui s'avère être une terre compacte, dure, presque mouillée. Autour de moi je tâtonne pour découvrir les murs en pierres dont les joints s'effritent à mon contact, humides eux aussi.

— L'accès à la cave se fait par la maison, explique Luc. Tu vois l'escalier en béton ? En haut, la porte en chêne fait quatre centimètres d'épaisseur. Jamais vu ça.

Je cligne des yeux plusieurs fois, incrédule.

Il dit : *C'est pas possible de s'enfuir.*

Luc est ici depuis huit ans.

Au milieu de mon délire grandissant, il raconte son arrivée – il dit : sa *capture*. J'ai soif.

Et les jours, les mois, les années qui ont suivi. J'arrive à peine à y croire. Que cela puisse exister. Et durer. Je me passe la langue sur les lèvres pour essayer de les humecter. Je donnerais cher pour un verre d'eau. On est quand ?

Luc m'explique qu'il était solitaire, qu'aucune famille, aucun ami ne pouvait s'inquiéter de lui. Je frissonne en pensant que c'est pareil pour moi. Même Lil ne sait pas où je suis.

Il venait en vacances, comme moi. Pas pour les mêmes raisons bien sûr : les miennes étaient forcées tandis que lui cherchait simplement à écluser ses soixante jours de congés annuels. *Ils t'ont eu comment ?* je demande. Il dit : *Comme un con.* Lui aussi a trouvé ce passage improbable vers la maison des vieux : ce jour-là ils en bavaient pour retirer une cognée qu'ils avaient coincée en voulant abattre un merisier gelé. Luc a proposé un coup de main et il est descendu à la cave avec eux pour chercher une barre en fer. Ils lui ont dit : *Vous voyez, au fond à droite ; elle est là.* Et ils ont claqué la porte sur lui.

Trois jours, il a attendu. Le premier, il s'est jeté sur la porte en chêne, sur les barreaux du soupirail trop petit. Avec la barre en fer il a essayé de forcer la serrure et de desceller des pierres du mur. Et puis l'épuisement et la soif ont eu raison de son acharnement, et il s'est assis. Le jour suivant il a supplié ; le troisième, il était certain qu'il allait crever là. Quand les deux vieux ont ouvert la porte, il n'aurait même pas pu lever un doigt sur eux.

Et j'écoute ébahi la suite. Après, ce sont huit années de travail enchaîné. Putain, ce mec est un esclave, *réellement*. Quelque chose qui n'a pas d'humanité et qui trime pour les autres, à l'excès, jusqu'à la mort. Les yeux écarquillés, je regarde ce type qui depuis huit ans est l'homme à tout faire ici : les cultures, le bois, les réparations. La cuisine. Le ménage. Tout.

Et toujours un des vieux pas loin, qui vous regarde et vous surveille, dit-il. Je l'arrête d'un geste.

— Non, attends, non. Ce n'est pas possible tout ça.

Il ricane méchamment.

— Et tu imagines quoi ?

— Non, non.

— Et alors, reprend Luc avec colère, regarde-moi, je fais semblant peut-être ?

Je jette un œil prudent vers lui, ce type moche et hargneux que je n'arrive pas à croire et qui crache par terre en me faisant détourner la tête avec dégoût. Il se moque :

— T'inquiète pas, je sais à quoi je ressemble, va.

Je n'arrive pas à le regarder en face.

— T'as envie de dégueuler, hein ? il dit.

— Non, c'est pas ça.

— J'm'en fous, de toute façon. T'entends ? J'm'en fous.

Je ferme les yeux et il continue son monologue atterrant. Très vite il recommence à raconter, avidement, comme si je pouvais disparaître à tout moment et qu'il se dépêche, pour être sûr de tout me balancer. Ses années de captivité. Depuis combien de temps ce mec n'a pas parlé à quelqu'un ? J'essaie de me boucher les oreilles mais une curiosité morbide m'oblige à écouter, les larmes aux yeux.

Luc a creusé une tranchée d'un kilomètre de long et de presque un mètre de profondeur pour amener l'eau depuis la grande source jusqu'à la maison, ajustant cinq cents tuyaux bout à bout, piochant parfois à la barre à mine le terrain rocheux pour installer cette conduite démesurée. Cela lui a pris un an. Il y a perdu un orteil, gelé l'hiver 96.

Chaque jour il entretient le potager qui permet aux vieux de passer les hivers à force de conserves et de patates stockées dans l'ancienne étable. Il nettoie et trie le fruitier avec ses réserves de pommes et de poires. La basse-cour aussi, c'est lui qui s'y colle. Les stères de bois empilés dans le grand bûcher, c'est encore lui. Et les plantations de feuillus et de résineux, et l'entretien des petits chemins caillouteux qui ravinent à chaque orage. Le ménage, la vaisselle. Les vieux l'ont frappé au début parce qu'il utilisait trop d'eau ; certains étés, la source suffit à peine à fournir de quoi boire et arroser le jardin. Maintenant il rince à peine. Au point où j'en suis, il dit.

Même conscient de mes forces qui déclinent, je refuse d'admettre que cela pourrait m'arriver aussi. Pas aujourd'hui, pas au XXIe siècle, pas en France. Et pas à moi.

Luc me regarde tristement.

Chaque fois qu'il a essayé de s'enfuir, il est resté une semaine couché, rompu par les coups que lui ont assénés les vieux pour le punir. Après, le courage lui a manqué.

Il me montre son tibia, qu'il s'est cassé il y a un mois dans un éboulement de pierres. Il y a comme un os saillant sous la peau tendue, qui sort de l'axe de plusieurs centimètres. Je tourne la tête avec une grimace écœurée.

Luc soupire :

— Tu ne peux pas t'échapper. D'abord tu as des chaînes aux pieds, nuit et jour. Et il y a toujours un de ces salauds près de toi.

Mais je ne veux pas inscrire comme lui des petits bâtons sur le mur pour garder le repère des jours qui s'écoulent. Je ne veux pas donner de prise à la possibilité que je reste prisonnier ici.

Alors il le fait pour moi. À côté de ses centaines de lignes, il en a commencé une autre, toute neuve. Soudain je dis :

— Combien ?

Il répond dans un souffle.

— Deux. C'est le deuxième jour seulement.

— Ils vont me laisser crever.

— Non. Tu es une aubaine pour eux. Tu sais pourquoi ?

Je ne réponds pas et il continue :

— Parce que moi je suis foutu.

— Qu'est-ce que tu racontes ?

— T'as vu ma jambe ?

Je reste silencieux. Il reprend :

— Certains jours elle double de volume. Ça me fait tellement mal que je préférerais qu'on la coupe.

— Dis pas ça.

— Je dis ce que je pense.

Je l'entends soupirer.

— Ils ont besoin de quelqu'un pour travailler. Quelqu'un qui me remplace.

Je fronce les sourcils.

— J'ai soif, je dis.

— Ouais.

— Tu faisais quoi, avant d'être ici ?

Il y a un silence.

— J'étais prof à la fac.

*

Le jour décline quand la porte s'ouvre enfin en haut de l'escalier. Je vois Luc se raidir.

— Voilà la crevure, dit-il à voix basse.

Je regarde dans la même direction que lui. Une silhouette s'avance sur le palier.

— C'est lui que tu as vu ? demande Luc dans un chuchotement.

— Je crois bien.

— C'est Joshua. Il est barje, mais le plus dangereux, c'est l'autre. Basile. Celui-là, mon pote, tu peux prier pour ta peau quand il s'énerve. Un méchant. Un vrai. Avec lui, tu peux flipper.

Le vieux que Luc appelle Basile se tient juste derrière Joshua, une longue batte en bois dans une main et une bouteille dans l'autre. Ma vue se brouille tandis que je m'imagine en train de boire longuement l'eau qu'elle contient, la bouche sèche à ne plus pouvoir déglutir. Je le regarde descendre l'escalier à petits pas tandis que Joshua reste sur le palier. Le fusil à la main.

Presque en bas de l'escalier, il y a le grabat de Luc. Moi je suis à l'autre bout, à une dizaine de mètres. Le vieux s'approche et met un coup dans les jambes de Luc, exprès, comme pour vérifier qu'il est encore là. J'entends le cri étouffé, le gémissement qui n'arrive pas à se calmer. Je me redresse d'un coup.

— Arrêtez ! Vous savez bien qu'il est blessé !

Mais le vieux ne me regarde même pas. Il contourne le lit, cogne encore et Luc pousse un hurlement cette fois, s'étouffe en criant, se recroqueville dans une plainte.

Je suis au bout de la chaîne, tendu autant que possible vers eux, les poings serrés et fou de colère.

— Espèce de salopard ! Tu ne vois pas qu'il lui faut un médecin ? Appelle un médecin ! Tu m'entends ? Appelle un médecin !

Le vieux semble se rendre compte de ma présence à cet instant. Il vient jusqu'à moi, hors de portée, juste à la limite. Il pose la bouteille par terre. Il dit simplement :

— La ferme.

Je donne un coup de pied furieux qui manque le toucher.

— Appelez un médecin ! Espèces de putains d'assassins !

Il a reculé d'un pas et hausse la voix.

— Écoute. C'est pas tes affaires, ça. Tu la fermes et ça ira pour toi.

— Va te faire foutre !

Je n'ai pas refermé la bouche que la batte s'abat sur moi.

Ce n'est pas que je n'aie pas eu le temps de la voir venir : mais je ne m'y attendais carrément pas et j'ai à peine eu le réflexe de tourner la tête. Ma pommette et mon arcade sourcilière éclatent sous l'impact, je m'écroule dans un cri. Les bras autour de la tête pour me protéger, j'encaisse les coups suivants en hurlant, entre la fureur et la peur panique.

Le vieux recule, reprend son souffle et me regarde.

Je reste recroquevillé sous mes bras, le coude serré contre mon front qui pisse le sang. Heureusement que ce salaud manque de force. Mais cela suffit à me faire salement mal. En passant une main sur mes lèvres qui saignent aussi, je devine l'ébréchure d'une dent, cassée en biais. Je tremble sous le choc.

Le vieux a poussé la bouteille d'eau à deux mètres de moi, trop loin pour que je puisse l'attraper. Je reprends d'une voix rauque :

— Vous êtes dingue. J'ai ma voiture garée au bord d'une route, et ça fait deux jours que je ne suis pas revenu à la chambre d'hôtes. Ils vont forcément s'inquiéter, prévenir les flics. C'est juste une question de temps.

Le vieux ne relève même pas.

— Quand tu seras plus raisonnable, tu auras à boire.

J'ai laissé ma main appuyée contre mes blessures pendant un long, long moment et le sang a fini par arrêter de couler. Je me suis souvenu d'un vieux copain qui disait que la salive était un cicatrisant naturel et que les animaux se soignaient comme ça, alors j'ai craché sur mes doigts et j'ai nettoyé autant que possible les plaies fragiles. Pour peu que cela marche aussi sur moi.

Crevant de soif et divaguant méchamment, j'ai regardé le sang qui coulait entre mes doigts et je l'ai léché. L'estomac renversé, je me suis forcé à penser à autre chose. Peut-être que cela me permettrait de tenir un peu plus. Je n'avais jamais fait ça. Je n'avais jamais cru que je pourrais y être amené un jour.

Le sang est tiède et un peu écœurant, il laisse une sensation âcre dans ma bouche.

Je sombre dans une semi-somnolence avec un objectif qui me court dans la tête : me tirer d'ici. Je ne sais pas comment, mais il y a forcément un moyen. Bon Dieu, ce ne sont que des vieux.

Luc aussi a dû se dire ça, au début. Et il est toujours là.

Je regarde vers lui, encore incrédule. Ce type ressemble à un vieillard, il est dans un état que je qualifierais à peine d'humain et, quand il a dit hier qu'il allait bientôt mourir, je l'ai cru sans hésiter.

Il a quarante-sept ans.

J'ai presque le même âge. Si je disais que c'est mon père, tout le monde me croirait.

Je ferme les yeux, la nuque douloureuse. Tout mon être se tend vers une idée fixe : garder des forces et m'enfuir. Je reviendrai chercher Luc. Il sera hospitalisé et on le sauvera, ça ne peut pas être autrement. Cette situation est tellement démente que je n'y crois pas.

Et j'ai soif, de plus en plus.

*

Ces deux jours, Luc m'a lancé un peu du pain que les vieux lui descendent matin et soir. Pas beaucoup. Mais je ne peux pas lui en vouloir de m'en donner aussi peu. Tout à l'heure il m'a dit :

— Heureusement pour moi que tu es enchaîné, hein ? Il y a un moment où on tuerait pour un verre d'eau ou une bouchée de pain. Ben, ce moment-là, tu y es.

J'ai baissé la tête parce que c'était vrai. Si j'avais pu, j'aurais pris toute sa ration, je ne lui aurais rien laissé. L'eau surtout. J'en rêvais. Parce que j'étais à bout.

Luc me jette un peu de nourriture mais il ne peut pas me lancer à boire et la soif me ronge. Ce soir, je n'ai pas réussi à manger le quignon de pain qu'il m'a donné. Je n'ai plus de salive, il me semble.

Des images de Lil défilent devant mes paupières fermées. Je souris. Quand je m'échapperai, j'irai la retrouver. Il faut qu'elle comprenne pourquoi je n'ai pas eu confiance en l'avenir, pour me pardonner, et je lui dirai à quel point j'ai eu tort. Si seulement elle m'aime encore.

S'il n'est pas trop tard.

Je ne peux pas m'empêcher de penser qu'après ce qui m'est arrivé et que je lui raconterai en frimant un peu, elle m'accueillera à bras ouverts. Nous nous dirons que nous avons failli nous perdre à tout jamais et que c'est une pure folie. Nous ne nous quitterons plus. Je serre ma main doucement, comme si je tenais la sienne.

Mon œil exaspéré s'ouvre et trouve aussitôt la bouteille d'eau. Je résiste à la tentation d'essayer encore une fois de l'atteindre. Cela fait dix fois. La première fois, il me manquait environ quarante centimètres pour la toucher, et il les manque toujours. Je soupire, la gorge brûlée par cette soif abominable. Ma bouche sèche a gardé le goût du sang et je frotte les croûtes noires et durcies sur mes lèvres. Le seau contre le mur, qui n'a pas été vidé depuis mon arrivée, attire mon regard. Peut-être se résoudre à boire une gorgée d'urine ? Je réprime un sanglot.

De la planche de Luc monte une question.

— Ça va ?

Je ne réponds rien. Trop faible. La seule envie qui me vienne, c'est pleurer. Comme une gonzesse.

— Faut pas lâcher, dit-il.

— J'en peux plus.

— Ça va aller. Reste calme quand il reviendra.

Je ravale mes larmes en les essuyant et en léchant le bout de mes doigts. Aussitôt mon cerveau bondit, à l'affût de toute forme d'eau, emballant mon imagination. Je ferme les yeux en essayant de me convaincre que cela pourrait être la fin d'un verre d'eau. Mais je ne sens que le sel, insupportable.

Il ne me reste qu'à écouter Luc, qui cherche à me rassurer.

— Ils vont venir et tu auras à boire. Il suffit que tu fasses ce qu'ils te disent.

Je marmonne une insulte. Il reprend :

— Tu as vu ce que ça donne quand tu fais le con ? Ça t'avance à quoi ?

— C'est le principe, je dis. Ça me rend dingue.

— Le principe ici, mon pote, ne compte pas dessus pour sauver ta peau.

Je réfléchis, silencieux. Que Luc trouve normal, et même juste, que je me plie au même sort que lui me hérisse. C'est comme s'il cherchait à m'entraîner dans sa vie misérable, trop heureux de ne plus être seul : pour lui aussi je suis une aubaine. En même temps il a raison. Il faut que je ravale ma dignité. Même si ça passe mal.

J'essaie de faire le point sur ces dernières quarante-huit heures. Entre la prison et ça, j'ai vécu plus de bouleversements en un an et demi que pendant les quarante-trois années d'avant. Mais cette histoire est si incroyable, si démesurée, que je la perçois comme un rêve, sans réalité sûre.

Et puis je parcours du regard la cave, et Luc, et j'ai l'impression d'être là depuis des semaines et que tout est fichu. Sans y croire : quelque chose en moi se refuse obstinément à adhérer à ce que Luc me raconte. Je ne *peux pas* y croire.

Le cri de douleur muet de mon corps entier me fait douter.

Luc se racle la gorge.

— Joshua, c'est le plus faible. J'ai essayé de le monter contre Basile. Des fois ça marche. Je suis sûr qu'un jour ça marchera.

Il rit. Je m'étonne de ne pas l'entendre tousser.

— Seulement, je le verrai pas. Je serai mort avant.

— Dis pas ça, je proteste. On va s'en sortir.

— Pas moi.

Je reprends :

— Mais si.

Il soupire.

— Depuis tout ce temps.

Je lui jette un gravier que je ramasse au sol, faussement enjoué.

— Maintenant on est deux, vieux.

Il ricane.

— Un ou deux, quelle différence ? Au final ça fera deux macchabées, c'est tout. Tu sais ce qu'ils ont fait le jour où ils ont vu l'état de ma jambe ? La première chose qu'ils aient faite ? Pas regarder, pas me soigner, rien. Ils m'ont fait creuser un trou. Là, juste le long de mon lit. Tu peux pas le voir, il est de l'autre côté. Quand je serai mort, ils n'auront qu'à me pousser dedans. Un peu de terre et ce sera fini.

Malgré moi, je me sens blêmir. Je ne cherche même pas à vérifier, c'est évident qu'ils en sont capables. Il faudrait que je trouve les mots pour Luc, une parole de réconfort, quelque chose. Mais pour lui dire quoi ? Que tout va bien se passer ? Qu'on va se lever, sortir et rentrer chacun chez soi tranquillement ? Je sens ma gorge se serrer.

— On va trouver une solution.

— Putain, je vais crever ici !

Mon impuissance me tord le ventre.

— Luc, je dis.

Son murmure rageur vient jusqu'à moi.

— Luc, je suis là maintenant. D'accord ?

On est chouettes tous les deux, crevards et prisonniers, à se faire des promesses d'entraide et d'amitié éternelle. Je prends son reniflement pour un acquiescement et je me rallonge sur ma planche, épuisé. Mme Mignon a dû prévenir la police. Combien de temps leur faut-il pour repérer cette maison presque en ruine et venir voir ce qui s'y passe ? Pas tant que ça, surtout que mon hôtesse savait où j'allais. J'ai un sursaut inquiet. C'est même surprenant qu'ils ne soient pas encore là. Mais peut-être a-t-elle attendu un jour ou deux, des fois qu'une lubie de belle étoile m'ait pris d'un coup. Alors bientôt. Je m'endors à moitié en attendant les bruits de sirène, les cris des gars stressés. Je souris un peu.

On est obligés de s'en sortir.

S'ils ne me laissent pas mourir de soif avant.

Le jour se lève et rien ne laisse deviner que les heures qui vont suivre éteindront mes espoirs l'un après l'autre, à la façon des bougies que l'on souffle sur un gâteau d'anniversaire. À l'aube, Luc a tracé un troisième petit bâton sur le mur, à ma ligne, après l'avoir fait pour lui. Je l'ai regardé de loin et j'ai fermé les yeux pour que cela ne m'atteigne pas. Le temps est infini, douloureux et mortel.

Mais dans la matinée les choses ont commencé à se mettre en place, insensées et incontrôlables. Il a fallu douze heures. Douze heures, et j'ai su que cet enfer durerait bien plus que je ne m'en étais convaincu.

Jusqu'à la fin.

Pourtant j'ai eu à boire. J'ai cru que c'était bon signe. Mais signe de quoi, sinon pour les vieux de ne pas se traîner mon cadavre dans la cave ?

C'est Joshua qui est descendu pour ça. Je pense que l'autre ne voulait pas faire le geste. Alors c'est le plus petit qui est venu, avec sa tête de fouine et ses yeux qui virevoltent pour tout surveiller. Il s'est penché sur la bouteille posée trop loin de moi et je me suis redressé. Juste à ce mouvement, il a reculé. Il avait les foies, ça se voyait, en prison il y en avait des comme ça. Il a dit :

— Fais pas le con. Je veux bien te la donner mais fais pas le con.

J'ai acquiescé et je me suis rencogné contre le mur. Du bout du pied, Joshua a poussé la bouteille vers moi ; je ne regardais qu'elle. Quand il a fait un pas en arrière en murmurant : *Vas-y*, je me suis jeté dessus.

— Bois pas trop vite, il a dit. Sinon tu seras malade.

Mais j'ai avalé l'eau comme un fou. Il m'a donné un bout de lard aussi, trop dur et trop salé, que j'ai dévoré tellement j'avais faim. Après je l'ai regardé avec un sourire, par réflexe. Je me suis repris aussitôt. Ce type m'avait attiré dans un foutu guet-apens, il venait de flinguer ma vie et je le remerciais. Je m'en suis voulu. Trop tard. Il a souri aussi. Il a murmuré :

— C'est bien, le chien.

Je suis resté muet, les yeux écarquillés.

Et puis il a remonté l'escalier lentement, comme un vieux. La porte s'est refermée.

Cela fait plusieurs minutes.

Enfin je retrouve ma voix et je tourne la tête vers Luc.

— Il a dit *quoi* ?

— Bah. Tu as entendu comme moi.

Il se tait quelques instants.

— Il a dit *le chien*.

— C'est quoi ce délire ?

Luc réfléchit. Quand il me répond, je suis sûr que c'est avec un certain plaisir, celui de partager les ennuis.

— Tu vois comment c'est, un chien ? Aux ordres avec son maître. Quand on lui dit de faire quelque chose, il le fait. Après il se couche dans un coin et il n'emmerde personne. Voilà.

— Je crois que je ne comprends pas.

— Ils m'ont appelé comme ça pendant huit ans, mais maintenant je ne suis plus bon à rien. Le coup de chance, c'est qu'ils t'ont trouvé – il rit un peu méchamment. Un nouveau bon chien bien solide.

— Mais ça va pas, non ?

Luc lève une main.

— Hé, je n'y suis pour rien.

Je crie :

— Joue pas à ça, hein ! Joue pas leur jeu !

— Je te dis que je n'y suis pour rien !

Je baisse la voix.

— Désolé.

Je recommence à tirer sur la chaîne qui retient mon bras gauche, en sueur, mes pensées s'entrechoquant sans cohérence. Luc s'agace.

— Je t'ai dit que ça ne bougerait pas.

— On ne peut pas rester là. Je ne suis pas un esclave et je ne suis pas un chien.

— Ça viendra.

Je le regarde durement. Cette eau, ce lard inespérés, ça me redonne une sorte de confiance. Du coup je dévisage Luc et je lui trouve un air de perdant, je lui en veux parce que je suis sûr qu'il va nous porter malheur. Et cette saloperie de chaîne avec son anneau scellé dans le mur, qui ne frémit même pas malgré mon acharnement. Ridicule. Pathétique, même. Luc s'est tourné de l'autre côté et ne dit plus rien. Sa respiration poussive m'énerve.

Je m'assieds sur ma planche, le souffle court. Le bois est dur et humide. La tête recommence à me tourner, j'ai présumé de mes forces. Je passe une main sur mon front : la plaie à l'arcade sourcilière suinte. Les secondes qui passent s'égrènent en me cognant les tempes. J'ai à nouveau soif.

À cause du lard.

Ils l'ont fait exprès peut-être.

Je dors un peu, d'un mauvais sommeil.

*

C'est le bruit de la clé dans la porte de la cave qui me réveille. Je m'assieds, guettant l'ouverture. Pourvu que ce soit Joshua. Avec de l'eau, encore. La silhouette doit tâtonner car il se passe plusieurs secondes avant que la pauvre ampoule qui pend sur le palier ne s'allume. Je fronce les sourcils. Et soudain, je reconnais Mme Mignon et j'étouffe un cri.

Mme Mignon, ici.

Un instant, une sorte de joie chavirante me fait lever.

Un très court instant. Luc fait un geste vers moi, que j'écarte d'un regard sec.

Mme Mignon s'avance, il me semble qu'elle sourit. Pour un peu je l'embrasserais. Enfin. Dans la fraction de seconde j'ai le temps de penser qu'il m'aura fallu trois jours pour sortir d'ici, quand Luc pourrit depuis huit ans ; pauvre type. Mais bon, j'oublie tout ça. Un vertige me fait chanceler. L'émotion. Mme Mignon me voit. Elle dit :

— Oui. Oui c'est bien lui.

Et au moment où j'ouvre la bouche pour l'appeler, au moment où je lève la main pour attirer son attention, je comprends. Elle est avec eux. Derrière elle, je devine l'un des vieux. Bon Dieu. Le monde s'écroule.

Je m'assieds en trébuchant, les jambes coupées. Le regard rivé à ce palier où ils se tiennent et où ils bavardent de tout et de rien, comme à la terrasse d'un café. Mme Mignon raconte que son mari s'est ouvert le doigt à l'usine la veille : il a été transporté aux urgences.

C'est foutu. C'est sûr que c'est foutu.

Mme Mignon était la seule personne au monde à savoir où je me trouvais. J'ai l'impression de me désagréger bout par bout.

Basile est à côté d'elle.

— Bon, dit-il. Il faudra ramener la voiture, alors.

— Je m'en occupe tout à l'heure. Vous aurez fait de la place dans la remise ?

Basile me montre du menton.

— Il va s'y mettre.

Elle lui claque un baiser sur la joue.

— Seize heures. Il faut que ce soit prêt, je ne resterai pas. J'ai du monde à la maison. Tu me redescendras ?

— Bien sûr. Je vais vérifier la bougie.

Ils rient en faisant des commentaires sur la vieille mobylette et en refermant la porte de la cave derrière eux. Sur ma planche, tétanisé, je n'ai pas bougé d'un centimètre. La cave va m'engloutir, il me semble ; je suis d'accord.

Je répète à voix basse : *Elle est avec eux. Elle est avec eux*. Je ne sais pas combien de temps je reste comme ça.

C'est Luc qui me fait tourner la tête en toussotant. Je lui dis :

— Tu le savais.

Il opine.

— Je l'ai vue plusieurs fois ici, oui. J'ai voulu te prévenir mais tu ne m'as pas écouté. C'est leur sœur.

Il frissonne.

— Elle est presque pire qu'eux, ajoute-t-il.

*

Affalé contre le mur, je pense à Mme Mignon, sa prévenance avec moi, son grand potager, ses bons dîners. Sa maison à fleurs, laide et chaleureuse. Tout cela malgré sa dent en moins. J'ai du mal à croire que ce soit la même femme qui m'a regardé avec ce petit sourire narquois il y a quelques minutes. Je me répète tout bas que c'est la sœur de ces deux dingues. Leur sœur. Et maintenant ? Mme Mignon, c'était mon seul espoir.

Je dessine des ronds sur mes genoux, du bout des doigts, sans y prêter attention. Quand je vois une larme s'écraser sur le tissu du pantalon, je m'essuie les yeux en me traitant de fille. Mais je n'ai plus de force. Les épaules affaissées, je sens mon cœur se resserrer à m'en faire mal. Au fond ce n'est pas vrai que je suis un dur, la preuve ; heureusement que les gars de la zonzon ne me voient pas, ça les ferait marrer. Et s'ils savaient à quoi je pense ils se taperaient les mains sur les cuisses. Je m'imagine dans quelques années dans le même état que Luc et je commence à admettre qu'il n'y aura pas d'autre issue.

Je me prends la tête dans les mains et je frotte, fort. Cela ravive ma blessure à la joue mais, en même temps, je retrouve un peu de lucidité. Je veux coûte que coûte m'obliger à trouver des solutions. Aucun système n'est sans faille. Il y a forcément un moyen de s'en sortir.

Il faut simplement un peu de temps. Je sais aussi que je n'en ai pas trop, qu'il faut que j'en profite pendant que je suis encore en bonne condition physique.

Il suffit que je trouve cette faille.

Je jette un coup d'œil à Luc et je me mets à douter.

*

Les vieux viennent nous chercher un peu plus tard. Pour la première fois depuis trois jours, je vais sortir. Luc a tiré une planchette en bois de sous son lit et l'a plaquée contre son tibia. Avec une bande en tissu noire de crasse, il a serré autour, fort. Je l'ai vu grimacer.

— Tu fais quoi ? j'ai demandé.

— Va falloir aller travailler. Tu vas m'entendre chialer. Je suis désolé.

Quand Basile descend l'escalier, le fusil à la main, il me lance une clé.

— Défais le cadenas à ton poignet.

— On va où ?

— Il faut qu'on fasse disparaître ta voiture.

Réaction stupide, un reste de zonzon peut-être, je le regarde droit dans les yeux en lui faisant un doigt d'honneur.

— Va mourir, je dis en restant assis.

J'ai un instant d'hésitation en entendant le gémissement de Luc et en voyant Basile épauler dans la foulée, mais encore une fois, je n'ai pas le temps d'y croire. La détonation claque et je m'écrase au sol par réflexe. Le mur explose derrière moi et des éclats de pierre me cinglent le bras. Je reste par terre, les mains sur la tête, en hurlant :

— D'accord ! D'accord !

Je ne bouge pas, je ne remue pas un cil. Mon collègue me l'avait expliqué en taule, plus le temps passe, moins le gars que tu as en face risque de tirer. Mes oreilles bourdonnent seconde après seconde du coup de feu qui résonne dans la cave. Au bout d'un moment, j'entends la voix de Basile. Il s'adresse à Joshua dans un rire.

— Je l'ai loupé. Il va vite, hein ?

Il se retourne vers moi.

— Allez.

Ça ne fait pas un pli. Je prends la clé tombée par terre et j'ouvre le cadenas en tremblant tellement que je dois m'y reprendre à deux fois. Cet endroit est pire que la prison : plus sinistre, plus dangereux encore. Pourtant la loi du plus fort, je connais ; mais pas la loi du plus barje. Je pensais en avoir fini avec ce genre de choses et des images terribles me galopent dans la tête.

Je manque de tomber les premiers pas, douloureux, mal habitué aux contraintes de la chaîne qui enserre mes chevilles. Luc me suit en boitant bas, appuyé sur un bâton que les vieux lui ont jeté. En haut de l'escalier je m'arrête, ébloui par la lumière éclatante du printemps. Dieu qu'il fait beau. Quel horrible décalage. Je mets mes mains devant mes yeux en titubant.

Basile me pousse du bout du fusil.

J'avance. Il n'y a pas l'ombre d'une révolte en moi à cet instant-là.

Alors nous sommes allés faire de la place dans une grange pour cacher la voiture que j'avais pris tant de plaisir à acheter. Un peu plus tard, quand la mère Mignon arriverait avec, nous l'enfouirions sous des tonnes de vieux foin.

J'entends encore le crissement des fourches sur la carrosserie immaculée.

Le lendemain, hébété et perdu, je commence à marquer moi aussi des traits sur mon mur. Ça m'arrache le cœur, ça me fout en l'air. Mais Luc a raison. Garder au moins un repère dans ce monde que je découvre avec effarement et qui ne ressemble à rien de ce que je connais, pas même le pire. Alors j'ai repris les trois bâtons qu'il avait déjà inscrits et j'ajoute le quatrième, la gorge serrée. En faisant ça, j'ai l'impression de donner mon assentiment à cette folie. J'ai beau me trouver des excuses, m'affirmer en silence qu'il faut en passer par là et composer avec les vieux ; est-ce que cela suffira pour que je réussisse à m'enfuir ? Pas sûr. Je m'insulte tout bas pour m'encourager. Non, cette docilité apparente n'est pas une résignation – pas déjà : ce serait trop facile. Ni lâcheté ni faiblesse dans ma main qui trace le petit trait sur le mur. Et pourtant je tremble.

Après avoir fait disparaître la BM hier sous un déluge de paille et de foin sales, j'étais exténué. Une sale migraine me cognait aux tempes. Mais Joshua a voulu que nous rapportions du bois dans la maison, à cause des soirées fraîches. Basile a grogné et nous nous sommes regardés en douce, Luc et moi. Et puis il a cédé. J'ai dû prendre une brouette sans âge et Luc a chargé le bois. J'ai fait une vingtaine d'allers-retours avec des bûches que j'ai empilées dans l'arrière-cuisine, blanc de fatigue et de colère. Luc me suivait et j'entendais ses plaintes étouffées. Mais il ne m'a pas lâché. Quand je soufflais trop fort, il me mettait une main sur l'épaule sans rien dire. Mon arcade sourcilière suintait toujours et il m'a tendu un vieux chiffon qu'il a sorti du tas de bois. Par moments, je voyais des larmes de douleur couler sur son visage.

Au bout d'une heure et demie, deux peut-être, j'ai mis un genou à terre. La rage, ça ne tient qu'un temps. Joshua a fait une moue.

— Il est pas costaud, celui-là.

— Il s'y fera, a dit Basile.

Alors je ne sais pas combien de temps je me donne pour filer d'ici, avant de ne plus en avoir ni la force ni le courage. Ce quatrième matin déjà, ma seule hantise, c'est de survivre. Cela occupe tout mon esprit. Je jette un œil sur Luc. Ce type rongé par la souffrance m'a aidé depuis que je suis là. Je me sens vaguement coupable. Et puis la peur reprend le dessus et je sais que je profiterai de lui autant que je le pourrai, quitte à lui marcher dessus. Seul mon avenir m'intéresse. Je me dégoûte un peu.

Je déplace mon corps de pierre, perclus de courbatures, qui a perdu toute sa souplesse. Chaque mouvement m'arrache une plainte. Mes mains sont raides, rouges d'ampoules éclatées et brûlantes. La bouche ouverte sur une angoisse sans nom, je regarde les quatre bâtons inscrits sur mon mur, et ceux de Luc. Je les vois mal mais je devine les lignes entières, rayées par groupes de trente jours. Machinalement, je transforme ses huit ans de captivité en mois. Quatre-vingt-seize. Presque trois mille jours. Saisi, je m'affale sur ma planche en me faisant mal. Une couchette en bois posée sur deux madriers, une couverture puante roulée dessus en guise de matelas : pas de traitement de faveur ici, le chien ça dort sur un rien. Mes dix-neuf mois de prison, c'était de la rigolade à côté.

*

Ce n'est pas vrai que je peux y retourner. Tout ce début de matinée j'ai cherché comment me tenir pour atténuer la douleur. Mais il faut choisir, le dos, les jambes, les bras – toujours un qui encaisse pour les autres. Je crache régulièrement dans mes mains pour arriver à les ouvrir, avec chaque fois l'impression que la peau va éclater. Mes plaies sont rêches comme des pierres. Non, je ne peux pas.

Joshua jette un œil sur mes mains, perplexe. Puis sur moi. Pas de pitié dans son regard, pas même de la compréhension. Ce que je devine, c'est une simple interrogation : *déjà ?* Il fronce un sourcil en me jaugeant des pieds à la tête. Sûr qu'il se dit qu'ils ont fait une erreur avec moi, je ne vaux pas un clou. C'est pas de chance pour eux que ce soit tombé sur un type comme moi. Je baisse un peu le nez, reniflant, comme pour confirmer son impression.

— Avance, dit-il soudain.

Je le regarde presque sans le prendre au sérieux. Il agite le fusil et les mots haineux de Luc me reviennent, toujours un des vieux avec son fusil à te surveiller. J'hésite. Une fraction de seconde, la tentation de résister m'effleure. L'instant d'après j'entends la voix de Basile en haut de l'escalier.

— T'as le chien ?

La question nous ramène brutalement sur terre et la peur évapore mes tentations timides. Basile aurait peut-être déjà tiré à la place de Joshua. Je me lève sans broncher, le dos en charpie, humilié et impuissant sous leur mépris. Et peu importe que nous soyons deux, Luc et moi. Nous sommes *le chien*. Les vieux disent cela comme ils diraient *la chiennerie*, ou *la valetaille*, s'ils connaissaient le mot. Je traverse la cave en traînant ma chaîne, ravalant mes insultes et ma fatigue. Luc a commencé à monter l'escalier sous le regard de Basile. Appuyé sur la rampe, il soulage sa jambe au maximum.

Je devine la sueur sur ses tempes.

Ils nous font nettoyer des tranchées et des fossés toute la matinée. J'ai demandé des gants et ils ont ri. Luc n'a pas moufté. Ils me montrent leurs mains calleuses, traversées d'horribles crevasses. Ils disent, des mains d'homme. *Creuse, pédé !* a crié Joshua en me jetant une pelle dans les bras.

Alors nous piochons ici et là, dégageant la terre à la pelle, sur le bord du chemin ou plus loin, à la brouette. Il fait toujours anormalement chaud et nous suons comme des bœufs. De grosses gouttes me tombent du front comme s'il pleuvait. Je les regarde s'évaporer sur les pierres. Des petites taches plus foncées, presque noires. Une minute après il n'en reste plus trace. Quand il en tombe une sur mes mains couvertes de blessures, le sel me brûle quelques secondes.

Les vieux se relaient pour nous surveiller, à l'ombre d'un arbre ou de la maison quand le soleil tourne. Même s'ils somnolent ici et là, ils sont trop loin pour que je puisse imaginer tenter quoi que ce soit. Plusieurs fois je jauge la distance qui me sépare d'eux. Impossible. Et le terrain est trop accidenté pour que j'ose m'enfuir avec les chevilles enchaînées. Luc a suivi mon regard une ou deux fois et s'alarme.

— Oublie ça, murmure-t-il. Tu vas prendre une balle avant d'avoir eu le temps de bouger le petit doigt.

Les heures passent et je sombre dans l'unique pensée de la soif qui m'étreint. Le rationnement de nourriture m'a déjà affaibli et je travaille à petits coups, les gestes hachés. Mes mains qui saignent n'arrivent plus à se refermer sur le manche des outils. À côté de moi, Luc ne se tient quasiment plus que sur sa jambe valide, se retenant à la pelle quand il perd l'équilibre. Il fait sa part de travail sans un mot, livide, les mâchoires serrées sur une douleur que je ne mesure pas. Je regarde ses mouvements précis, économes. J'essaie de l'imiter.

Par moments Luc s'appuie sur moi, épuisé. Je passe une main sous son bras pour le soulager quelques instants. Ce sont les seuls moments où la douleur ou la fatigue le cèdent à quelque chose de puissant, une émotion commune, le réconfort d'être à deux et de s'épauler. Tellement risible. Quand Luc se retient à moi pour ne pas tomber, j'ai l'impression que mes os vont se déchirer et partir avec lui.

À l'heure du déjeuner, les vieux nous ramènent dans la maison. Joshua nous fait asseoir par terre dans la cuisine, à côté d'un gros radiateur en fonte d'où pendent des menottes. Il m'attache une main. Je m'en fous. C'est un tel soulagement d'être à l'ombre que l'idée d'être couché au pied de leur table me laisse indifférent. Calé contre le radiateur, je ferme les yeux en attendant que les frissons de mauvaise chaleur se calment sur ma peau. Je divague un peu, ivre de fatigue. Même ma respiration est courte et douloureuse.

Les vieux se sont attablés. Luc est abattu à côté de moi et ils n'ont pas pris la peine de l'attacher. Sans doute que, dans son état, il ne les inquiète pas. Je lui fais un petit signe de tête. Il ne répond pas. Il est blanc comme un mort. Joshua a posé une bouteille d'eau devant moi, par terre. Le carrelage froid m'apaise.

— Hé. Tu veux ça ?

Je relève les yeux sur lui, qui tient une cuisse de poulet au bout de sa fourchette. Je ne dis rien. Je ne sais pas ce qu'il faut faire et l'épuisement me rend nauséeux. Un peu déçu, Joshua coule un regard vers son frère.

— Donne-lui, dit Basile.

— Je peux ?

Basile acquiesce sans cesser de manger. Je reçois la cuisse de poulet à demi mangée en pleine figure. Elle rebondit sur le sol sale. Je la contemple un instant sans faire un geste, stupéfait. Je regarde Joshua qui la montre du doigt frénétiquement.

— Prends ! Prends !

Luc ne jette même pas un œil vers moi ; je voudrais qu'il m'explique, qu'il me fasse un signe, quelque chose. J'attends un peu et je tourne la tête, écœuré.

Je compte, un, deux, trois…

Le morceau de poulet me tente trop fort pour que je ne le ramasse pas du bout des doigts. Je grimace en voyant la poussière et les fils collés dessus. Des poils, des cheveux, que sais-je, figés par la viande humide et la salive de Joshua. J'enlève le plus gros en me retenant de vomir, maudissant intérieurement ces porcs puants et leur maison immonde, leur façon de me lancer les restes d'une viande qu'ils ont léchée sans vergogne. Je ne sais pas encore que dans deux ou trois semaines, affamé et prêt à tout, je ne prendrai même plus le temps de regarder ce qu'il peut y avoir sur ce qu'on me jette. Les morceaux de pain mal cuit dans le four, brûlé dehors et pâteux dedans, je les mendierai. Et si on me disait que je bondirai pour attraper la nourriture au vol et éviter qu'elle ne touche le sol, faisant rire et applaudir les vieux, à cet instant je cracherais au ciel.

Dans deux ou trois semaines.

Je serai un demi-être qui se tient debout quinze heures par jour au travail, et qui se moque de s'écrouler avant ou après.

Il n'y aura plus de fierté, plus rien.

Juste le sentiment extrême de vivre, de tenir. De continuer.

Mais pour l'instant je mange la viande du bout des dents, retirant parfois un petit caillou dur, un rictus de dégoût sur les lèvres. Je mange, déjà, pour surmonter la journée. Puis ce sera une autre. Je suis sûr que Luc a fait la même chose, au départ. Maintenant, en tant que vieux chien usé, on lui verse des restes directement dans la main. Il mange tête basse un quignon de pain beurré.

Mon estomac se soulève : en taule c'était mauvais mais c'était propre. Je respire doucement pour m'obliger à garder la nourriture, en essayant de penser à autre chose. Un pavé de bœuf avec des frites, un bon whisky, un gigot. Un tour de force tandis que j'enlève le fil incertain qui s'est coincé entre mes dents. Après, je descends la moitié de la bouteille d'eau. Joshua me jette un morceau de pain que j'attrape immédiatement.

— C'est bien, félicite-t-il. Bien.

— Me parle pas comme ça ! Je ne suis pas un chien !

Il se renfrogne. Basile me regarde du coin de l'œil en remuant son café.

Je ne sais pas ce qu'il pense mais ce regard est sans aménité.

Peut-être qu'il calcule mes chances de survie.

Ou ma pauvre rentabilité au travail.

Peut-être regrette-t-il de m'avoir attrapé, avec mon inconsistance physique et mon mauvais caractère. Hier, l'essai a été plutôt désastreux : une voiture enfouie sous du foin, quelques brouettes de bois et je me suis traîné à leurs pieds. Pris d'un espoir aberrant, je dis :

— Si vous me laissez partir, sur ma tête, je jure que je ne dirai rien.

Ni Joshua ni même Luc n'ont relevé la tête. Le silence me revient comme une gifle en retour. Dans la pénombre de la maison, je vois l'éclat de la couronne en métal de Basile quand il sourit.

Une prémolaire.

Je me souviens, enfant, avoir inventé mille solutions pour ne pas me laver le soir. Mal au ventre, fatigué, pas sale, tout était bon. Comme beaucoup d'autres gamins, j'ai compris un jour que je pouvais laisser couler l'eau de la douche bruyamment en restant sur le tapis de bain et qu'il suffisait de me mouiller un peu les cheveux avant de sortir. Je me suis aussi fait prendre à ce petit jeu, un soir que Max est entré sans prévenir et que ce fumier a couru me dénoncer au père. Dans l'ensemble, tout cumulé, je pense avoir gagné pas loin d'une année de douches. Énorme.

Mais là c'est moi qui ai demandé. Tête basse pour avoir l'air humble, une fois, dix fois. Il s'est passé peut-être huit jours avant que les vieux me laissent enfin me rincer au petit lavoir dehors, devant la maison. Ils ont eu l'air étonné. Même Luc m'a demandé pour quoi faire, et je n'ai pas trop su quoi lui répondre. Pour moi, la vraie question était dans l'autre sens. Mais apparemment ça ne le gênait pas de sentir la sueur et la pisse à dix mètres. Je ne le lui ai pas dit, je me suis juste répété : *Pour quoi faire*, à voix basse, comme une petite chanson.

L'eau vient de la source et elle doit avoisiner les dix degrés été comme hiver. Quand je me suis aspergé, mon estomac s'est rétracté sous le froid. Je me suis dépêché, pour le cas où les vieux changeraient d'avis, mais aussi parce que ça caillait sec. Mes mains ont perdu progressivement leur éclat rougeâtre de sang séché : des stries, des cicatrices s'y dessinaient déjà. En me penchant pour me débarbouiller, dans l'eau ridée du bac en pierre, j'ai vu mon visage.

Et là j'ai suspendu mon geste. Non, ce n'était pas moi. Pas possible. Dans le reflet un barbu émacié, l'air exténué et des cernes bleus sous les yeux, me regardait d'un air sidéré. Un type de vingt ans de plus que moi, d'une tristesse absolue, sale comme un peigne. J'ai tendu la main vers l'eau et je l'ai brouillée d'un coup. Bon Dieu, je n'avais pas pu changer comme ça, pas si vite. J'ai eu une pensée furtive pour Luc et son visage de vieillard abîmé par les coups, je ne voulais pas déjà lui ressembler. Moi aussi j'avais une dent ébréchée, et des traits tirés à en être anormaux.

Les plaies de ma pommette et de mon arcade sourcilière étaient encore gonflées. Je les ai nettoyées mécaniquement. Le cœur n'y était plus et je cherchais juste un peu de temps pour reprendre pied, en agitant l'eau d'une main ici et là dans le lavoir, pour que les vieux croient que je n'avais pas fini.

J'aurais préféré ne pas voir.

J'aurais préféré ne pas savoir.

Les vieux me surveillaient en permanence, je devinais leur regard dans mon dos et j'ai renoncé à enlever mon pantalon pour continuer à me laver. Je m'en foutais, finalement, d'être un peu moins sale.

Moi aussi j'avais commencé à mourir.

Basile m'a ramené dans la cave. Il a vérifié que je verrouillais bien le cadenas, il a attendu que je lui renvoie la clé. Je me suis assis sur ma planche et je me suis fait tout petit dans l'angle du mur. Je ne valais pas plus. Les cheveux encore mouillés, ramenés en arrière, je guettais la caresse des gouttes d'eau dans mon cou et sur ma poitrine.

J'ai cherché quelque chose en moi pour tenir le coup. Un peu de force, pour la mesurer, savoir si je pouvais compter sur elle, et combien de temps. Les yeux fermés, j'ai parcouru lentement mon corps. Je faisais ça en prison, pour faire l'appel en quelque sorte, vérifier que ça allait à peu près. Mais là. À chaque organe, chaque articulation et chaque muscle, les messages d'alerte se chevauchaient dans un désordre paniqué. Douleur, rupture, crampe, sang, hématome ; et toujours le visage de cet horrible vieillard que j'avais vu dans le reflet du lavoir. Une sorte d'enfer sur terre. Ma respiration se coupait de larmes.

Luc a appelé au bout d'un moment, allongé sur sa planche. Comme je n'ai pas répondu, il a insisté.

— Ça va ?

J'ai eu envie de crier. Ça allait bien. Super bien, même. Je pouvais faire le bilan de la semaine écoulée et me dire que la vie était belle. Je m'étais fait exploser la tête par deux vieux salauds, j'avais travaillé comme un nègre et j'avais pris dix ans en huit jours. L'avenir me semblait pour le moins hypothétique. Et l'autre con me demandait si ça allait ?

Il a dit encore :

— Théo ?

— Quoi ? Quoi !

J'ai parlé trop fort, la voix tremblant d'une fureur contenue, et j'ai senti Luc se refermer comme une huître. Je m'en moquais. Je ne voulais pas m'excuser. Je ne voulais pas qu'il me parle. Si ce connard avait été en bonne santé, sans doute que les vieux n'auraient pas fait attention à moi dix jours auparavant : ils m'auraient dégagé de leur jardin en me traitant de touriste sans gêne et je serais rentré à la chambre d'hôtes tranquillement. Ils n'auraient pas eu de raison d'être à l'affût comme ça. Non, si j'étais là aujourd'hui, c'était à cause de Luc et de sa putain de jambe cassée. J'étais prêt à le lui balancer en pleine figure.

Mais il s'était comme tapi, invisible et muet. J'ai attendu un bon moment qu'il me relance ; je voulais lui faire mal moi aussi.

Il s'est tu obstinément.

Quand la lumière a déserté la cave pour la nuit, je faisais toujours la gueule et Luc n'avait pas soufflé un mot.

*

La lune a dû se lever, une lueur très différente s'est glissée par le soupirail. Blanche, fade. La température a chuté de plusieurs degrés et je remonte la couverture trouée sur mes épaules.

À peu près calmé, les jambes douloureuses et repliées sous moi, je regarde le mur en face. Le contact froid des chaînes me gêne et je descends ma chaussette avec précaution sur ma cheville, devinant la peau brûlée par le frottement des bracelets de métal. Impossible même de poser ma main dessus. Je laisse la plaie à l'air libre, tressaillant chaque fois qu'elle heurte la chaîne quand je bouge.

Un œil vers Luc, pour voir. Mais je ne distingue qu'une forme sombre allongée sous la couverture, immobile, qui dort ou fait semblant.

Et je suis infiniment, terriblement seul.

DEUX

Des jours et des semaines ont passé, épuisants de travail et d'insultes.

Dans la cuisine, j'ai arrêté de guetter mon reflet sur les vitres de la fenêtre. Au début je le faisais ; une sorte de curiosité morbide pour suivre la dégradation de mon corps, et je sursautais chaque fois en me découvrant plus triste et plus laid que le jour précédent. À voir cette silhouette informe dans le reflet, il ne restait déjà pas grand-chose à sauver.

Alors en passant devant les fenêtres, je me suis obligé à ne plus regarder. La loque maigre et crasseuse qui s'assied jour après jour et tend sa main pour qu'on l'attache au radiateur le temps du déjeuner ressemble à peine à un homme. J'aime autant ne pas la voir.

Et puis les vitres sont sales.

Mes blessures se referment à grand-peine, se rouvrent ici et là au rythme des travaux trop durs. Retourner la terre, bêcher, planter des légumes tardifs. Ranger le bois. Nettoyer les chemins et vider le lavoir où arrive l'eau de la source. Plus l'infinité de corvées quotidiennes que ces salauds nous donnent sans relâche, jusqu'à balayer dix fois les fourmis qui s'infiltrent dans la cuisine par la porte mal ajustée. Parfois je me dis qu'ils le font exprès. Pour le plaisir de nous voir travailler, de donner des ordres, de balancer un coup de canne quand c'est possible. Basile est méchant comme une teigne mais il frappe rarement à tort. Alors que Joshua. Joshua le second, le misérable, le *gentil*. Parce que son frère le domine et le maltraite, il reporte sur nous ses accès de mauvaise humeur et ses cris aigus. J'en ai pris, des coups, juste parce que je l'avais regardé de travers, ou parce qu'il estimait que je ne travaillais pas assez vite. Lorsque à son tour il se fait attraper par Basile, une satisfaction mauvaise me remue les entrailles ; certains soirs il prend une gifle sur la tête, qui résonne comme le claquement d'un fouet. Je ferme les yeux en répétant en silence : *Bien fait*.

Et pourtant Joshua est aussi celui des deux vieux dont je suis le plus proche. Parce qu'il nous surveille plus souvent que Basile et qu'il nous cause, même en marmonnant des phrases incompréhensibles. Quand je vivais dans le monde, je recherchais le silence en maudissant le bruit des villes et des gens ; aujourd'hui, il y a des jours où les *et merde* de Luc sont les seuls mots que j'entende. Ça, et les deux phrases que Basile nous jette au visage le matin pour nous donner le programme de la journée. Une chacun. Parfois cela se limite à quelques mots. *Les fossés. La grange.* À côté de ces lambeaux de phrases, les murmures continus de Joshua me font l'effet du bruit de fond rassurant d'un vieux poste de radio. Son éternelle salopette me donne un repère, peut-être le seul que j'aie en dehors des aspérités sur le mur de la cave et de la lumière du soupirail.

Depuis combien de temps sont-ils installés ici, solitaires et mauvais ? Le jour où Joshua m'a trouvé dans la cour, il a parlé de soixante-dix ans. Luc dit que cette famille de dégénérés s'est dispersée il y a longtemps, laissant la maison aux deux frères qui n'en ont jamais bougé, mais je ne le crois qu'à moitié. Il n'y a aucun moyen de gagner sa vie ici. *Ah oui*, se souvient Luc, *c'est vrai, ils ont été employés de la commune*. Basile tenait le rôle du cantonnier et Joshua s'occupait des massifs. Ils ont détalé le jour où Basile a mis un coup de pelle en travers de la gueule du chef, qui l'avait traité de sous-merde. La mère Mignon s'est occupée de la paperasse et ils sont revenus ici vivre d'expédients des caisses d'allocations.

— Tous les deux ? j'ai demandé.

Luc s'est marré.

— Tu les vois avec une bonne femme ?

La vieille leur dépose tous les mois un panier de provisions au bout du chemin, avec des pâtes ou du riz, de l'huile, de l'alcool, et surtout la farine pour faire cet horrible pain que nous mastiquons péniblement chaque jour.

*

Nous avons planté des graines dans les sillons immenses du potager et passé une demi-journée entière à faire des allers-retours avec l'unique arrosoir. Du robinet au potager. Mes pas ont marqué un sentier à force de piétiner au même endroit. Luc geignait.

Le lendemain, il s'est mis à pleuvoir après des semaines de sécheresse précoce, et j'ai maudit les vieux qui auraient pu attendre une demi-journée pour leurs foutus légumes. En même temps, Basile a commencé à tousser. Joshua a dit : *à cause de son poumon unique*. L'autre est fichu, noir. Trop fumé. Mais ça ne l'empêche pas de continuer. J'ai regardé le vieux qui s'essuyait la bouche avec un mouchoir d'un bleu incertain et je me suis pris à espérer qu'il lui arrive quelque chose. Cela ne m'était jamais venu à l'esprit, mais qu'ils soient touchés par une maladie, soudaine ou chronique, faisait partie des possibles. Ils étaient vieux. Je leur donnais à vue de nez soixante-quinze ans, un peu plus un peu moins, et de l'usure. Je me suis concentré pour envoyer toute la haine, toutes les saletés dont j'étais capable sur eux, et sur Basile en particulier. Joshua seul, j'en ferais mon affaire. La cible, c'était l'autre.

Ça m'a arraché un sourire, une fraction de seconde.

*

Un matin ils nous ont emmenés au bord du bois. L'idée m'a effleuré qu'ils pourraient nous abattre là et laisser nos cadavres offerts aux petits prédateurs. Les insectes finiraient de nettoyer nos os dans quoi, cinq ou six mois ? J'ai l'impression que personne ne passe jamais par ici. Et puis j'ai secoué la tête. Ils avaient besoin de nous. Tant mieux. Je ne veux pas mourir.

Ils m'ont donné une hache et une scie à bûches manuelle. Basile a délimité une parcelle et a dit qu'il fallait couper les arbres et tout débiter en bûches de cinquante centimètres pour le poêle, l'année prochaine. Si les morceaux étaient trop gros, nous devions les fendre avec un merlin. Je l'ai regardé ; ce devait être la première fois qu'il me projetait un an plus tard, toujours ici. Ça m'a mis un coup.

Le bois avait l'air jeune, il n'y avait que des châtaigniers et des bouleaux en bosquets. J'ai passé un doigt prudent sur le fil de la hache et j'ai frémi en sentant l'affûtage aigu. J'ai jeté un œil vers Basile et il s'en est aperçu. Il a flatté le fusil appuyé contre sa hanche.

— Essaie.

J'ai opiné sans le regarder. Nous étions d'accord. J'ai dit :

— On doit faire tout ça à la main ?

Il a ricané. Cela me semblait irréalisable, c'était trop grand. Luc ne disait rien ; visiblement, il connaissait la corvée.

J'ai levé la hache et j'ai mis un coup au hasard, pour voir. Je ne m'étais jamais servi de ce truc-là. J'ai dérapé sur le tronc du petit bouleau.

Le soir, quand j'ai vu ce que nous avions coupé, j'ai calculé qu'il nous faudrait entre trois et quatre mois pour tout abattre.

J'avais le dos en miettes.

*

Chaque matin en me réveillant, je vérifie que Luc est vivant.

Il n'y a peut-être pas de quoi. Au fond, il n'a qu'un tibia fracturé. Mais les efforts que nous demandent les vieux et qui me mettent à terre représentent de véritables actes de torture pour lui. Je sais depuis longtemps que la souffrance épuise. Ce que je ne sais pas, c'est si on peut en mourir. Certains soirs en rentrant, Luc a le teint de quelqu'un qui est en train de passer de l'autre côté de la ligne.

La journée, nous nous aidons toujours mutuellement pour tenir le coup. Il m'encourage, tente de me réconforter ; je lui offre mon dos ou mon bras pour qu'il puisse s'y appuyer et reposer sa mauvaise jambe. Nous devons faire un drôle de tandem, à travailler épaule contre épaule dans cette grande parcelle de bois. Nous

nous gênons souvent. Les vieux s'en rendent compte. Parfois ils crient à Luc de s'asseoir un moment, pour me laisser avancer. Mais Luc ne s'arrête jamais. Il a peur de devenir inutile. Il dit : *Alors je serai foutu.* Moi aussi je refuse qu'il s'arrête : s'il venait à disparaître je ne sais pas ce que je deviendrais. Cette vie d'enfer, nous la partageons, nous en prenons chacun notre part. Nous l'allégeons. Nous essayons d'en faire quelque chose de viable en la jouant à deux. Nos temps de répit, le soir et la nuit, nous permettent de discuter ; pas beaucoup – avec la fatigue cela se réduit souvent à quelques mots lancés ici et là, quand le souffle nous revient. Mais un lien curieux, presque vital, s'est forgé entre nous. Peut-être simplement que nous sommes moins faibles à deux.

Luc raconte comment il a tenu bon toutes ces années, les unes après les autres. Sa vie d'avant la séquestration, il n'en parle plus : il dit qu'il l'a oubliée. Mais sa voix le trahit quand il se rappelle qu'il a été heureux un jour. Alors il se racle la gorge et je l'écoute décrire le ciel de la nuit que nous ne voyons jamais, et les constellations, et les trous noirs, et la voie lactée. Il m'explique comment, scientifiquement, il est possible de remonter le temps ; pourquoi on a cru longtemps que la terre plate reposait sur l'eau. Nous partons loin, nous avons l'espace entre les mains ; je me dis que Luc a dû manquer à ses étudiants.

Alors vérifier qu'il est vivant, oui, je le fais, et je ne peux pas dire beaucoup mieux de lui, dans son état. Ou alors qu'il est encore *vif*, comme un corps écorché dont on aurait enlevé la peau. Comme un petit poisson servant d'appât. Dieu, pourvu qu'il tienne. Pourvu qu'il tienne.

C'est moi dorénavant qui lui jette de la nourriture car les vieux ont presque cessé de lui donner à manger. Maintenant que je suis là, Luc devient superflu. Bien sûr je ne vaux pas grand-chose au travail, même si je m'endurcis peu à peu. Mais depuis un moment déjà, j'en fais plus que lui. J'ai moins la manière ; il n'a plus la force. Je comprends son acharnement à continuer à travailler quand je vois comment les vieux se sont mis à le traiter.

Je regarde Luc et je ne peux pas m'empêcher de ressentir un petit sentiment de victoire, comme si j'avais sauvé ma peau tandis qu'il décline. J'en suis presque à souhaiter que les vieux soient contents de moi.

Quand j'arrive à y penser calmement, j'en ai la gorge serrée de honte.

*

Pourtant, j'y ai cru.

Oui, pendant toute une période, au début, j'ai pensé que les vieux *m'aimaient bien*.

Cela ne m'empêchait pas de les haïr de mon côté, aussi fort que possible, ni d'espérer une occasion, un jour, une faiblesse. Mais j'ai cru, j'ai vraiment cru qu'il y avait dans leur façon de me regarder, dans celle de me parler, un adoucissement palpable. Quand j'y pense, il n'y avait pas de quoi s'enflammer. Mais j'ai voulu m'en persuader et j'ai guetté des signes infimes de reconnaissance.

Parfois Joshua me donnait une petite tape sur l'épaule après une journée de travail. Il ébauchait ce sourire qui ressemble à un vilain rictus. J'ai presque oublié le niveau de leur indifférence et de leur dureté.

Moi aussi je bêchais le potager et je faisais les fossés : cantonniers et jardiniers, eux comme moi, nous étions semblables au fond. Joshua me donnait des conseils pour pincer les plants de tomates ou butter les pieds de petits pois.

J'ai presque oublié.

Jusqu'au jour où, bien sûr. Ce jour où je me serais flingué d'avoir été aussi naïf. Leur tyrannie, leur bestialité m'ont éclaté au visage.

Dès lors, je saurai qu'il n'y a pas de salut avec eux, pas d'issue, pas la moindre trace d'humanité. Ce n'est qu'à ce moment que je comprendrai à quel point ils sont fous. Tous les deux. *Eux trois*. Rien que d'y repenser, ma peau se hérisse sur mes bras.

J'ai eu besoin de ça pour arrêter d'espérer qu'ils s'attachent à moi. Pour découvrir que je ne suis qu'une chose pour eux. Un vague objet, une sorte de jouet, quelque chose de dénué d'*être*.

Pour comprendre que le salut ne viendra jamais d'eux.

C'est en rentrant du potager où j'ai passé l'après-midi et une partie de la soirée à bêcher et à enlever les mauvaises herbes que cela a commencé.

J'ai cueilli des légumes et Joshua les pose sur la table. Il me tend un verre d'eau, un chiffon pour essuyer mon visage trempé de sueur. Luc a été redescendu à la cave à la mi-journée malgré ses protestations, rongé de douleur. Je ne pense même pas à lui à cet instant.

Le jour baisse lentement sur un soleil rouge.

— Il va encore faire chaud demain, dit Basile.

Je me suis habitué à ces phrases d'une évidence débile et je ne réagis pas. D'ailleurs, personne n'attend que je le fasse.

aussitôt. Je baisse les yeux et j'essaye d'échapper à leurs regards brillants d'alcool ; je prie pour qu'ils ne réagissent pas, avec ce qu'ils ont ingurgité.

Mais c'est foutu d'avance.

— Ah ? dit Joshua.

Basile me coule un drôle de regard, attrape son fusil et fait un signe à son frère qui me détache en glapissant. Je les observe tour à tour, effrayé. *Hé*, je dis. Je sens monter chez eux une excitation malsaine, nerveuse. Comme pris de panique, ils se croisent les uns les autres autour de la table de cuisine dans des gestes décousus, hasardeux. Comme s'ils ne savaient plus bien ce qu'il faut faire.

— Vas-y, vas-y ! encourage Joshua en pointant un doigt.

Alors sans prévenir, sans rien dire, Mme Mignon relève sa jupe en riant trop haut, se cale contre la table.

Je recule d'un pas avec un cri étouffé. Basile me rentre le fusil dans les côtes et je lève les mains, par réflexe. Je n'arrive pas à détacher mes yeux du corps gras exposé juste devant moi et mon ventre se noue.

— Regarde ce cul ! hurle Joshua en sautillant sur place et en battant presque des mains.

Mais je tourne la tête, horrifié, priant pour que ce ne soit pas vrai et que tous éclatent de rire en allant finir la vodka et en se roulant par terre.

La voix de Basile tremble un peu quand il me dit :

— Baisse ton froc.

Épouvanté, je me mets à crier. Dieu ce n'est pas possible, pas ça ! Je me retourne pour regarder Basile. Mangeant à moitié mes mots, débitant mes excuses inutiles à toute vitesse, je hurle que je ne veux pas, que ça ne se commande pas, que je ne peux pas, enfin tout. Joshua pousse lui aussi des cris stridents et Mme Mignon renchérit d'une voix terriblement aiguë ; juste derrière moi, Basile leur braille de se taire. De mon côté je me suis bouché les oreilles pour ne plus entendre cette cacophonie, piétinant pour ne pas avancer. Il n'y a plus de pudeur, plus de retenue : je sanglote en suppliant :

— Non, non !

Je regarde frénétiquement autour de moi, cherchant le moindre interstice qui me permettrait d'échapper à ce moment d'horreur ; le contact brutal du canon du fusil sur ma nuque me fige. La voix de Basile se fraie un chemin jusqu'à mon cerveau épouvanté, glaciale :

— Débrouille-toi.

*

Ils m'ont ramené dans la cave et je me suis roulé en boule, tourné contre le mur. Je ne pouvais pas m'arrêter de pleurer. Le plus silencieusement possible, pour ne pas alerter Luc.

Peut-être aussi pour ne pas qu'il sache.

J'ai eu la nausée en revoyant la tête de Mme Mignon s'agiter au milieu des salades et des pois, et j'ai vomi un peu de bile. Dans mes oreilles, ses sales petits cris n'arrêtaient pas de revenir et je me suis recroquevillé pour ne plus les entendre. *Je te crèverai, salope, je te crèverai* ; la phrase s'est installée dans ma tête comme une berceuse, un peu comme une pommade. J'aurais donné cher pour pouvoir me laver mais il n'en avait pas été question, et j'avais l'impression de puer la vieille dans toute la cave. Cela devenait une obsession.

Pendant ce qui m'a semblé être des heures, j'ai frissonné de dégoût et de haine. Leurs phrases me revenaient à la figure, leurs encouragements, leurs rires, *Comme avec l'Éric, tu te souviens ?* La vieille tressautait et gloussait, *Il passe encore de temps en temps, quand Robert est pas là.*

Ah, la salope, hurlaient Basile et Joshua en se tordant de rire, *elle aime ça*. La mère Mignon disait, *et qui c'est qui m'a appris, mes cochons ?* Pendant ce temps je la secouais misérablement, et elle poussait ici et là un couinement qui faisait le bonheur des deux vieux.

J'ai continué à me boucher les oreilles en fermant les yeux. Et puis j'ai deviné la voix de Luc qui hasardait, tout bas :

— C'est elle, hein ?

J'ai étouffé un sanglot. Je ne voulais surtout pas en parler. Il a ajouté :

— Ça m'a fait pareil à moi aussi, la première fois.

J'ai tressailli en refusant de toutes mes forces qu'il puisse y avoir *d'autres fois*. Je n'ai pas répondu. Il s'est passé un long moment. Plus aucune lumière ne filtrait du soupirail. J'aurais voulu qu'il fasse nuit à tout jamais pour ne plus revoir mon visage dans un reflet, pour que Luc ne me regarde pas au petit matin en cherchant les mots pour m'aider. Sa pitié, sa compassion, il pouvait se les garder. Sa curiosité malsaine aussi.

Il m'a parlé au milieu de la nuit. Nous ne dormions ni l'un ni l'autre. Je ne sais pas s'il y pensait depuis que j'étais revenu, mais ce n'est pas impossible. Il a dit :

— Au bout d'un moment j'étais presque content de me la faire.

Je crois que j'ai vomi à nouveau.

Dehors sous la pluie, torse nu, je coupe du bois, je fends et j'empile depuis des jours et des jours. Je vais lentement, le corps détrempé. J'ai enlevé ma chemise au bout de trois jours d'orage pour pouvoir enfiler un vêtement sec en rentrant le soir. Mon pantalon, mes chaussettes, mes chaussures ne sèchent plus d'un jour sur l'autre, même en les étendant le mieux possible au bout de ma planche. Les remettre le matin me donne des frissons. Il fait nettement plus froid, peut-être dix degrés de moins qu'il y a deux semaines. J'ai supplié pour avoir une couverture et Joshua a fini par me jeter un vieux plaid d'un air exaspéré.

Nous nous sommes réparti le travail avec Luc : je coupe le bois et il le fend. Nous avons trouvé un arbre tordu contre lequel il peut s'appuyer pour soulager sa jambe. À ce poste, il ne marche pas. Je pose les bûches devant lui et il frappe avec le merlin. Quand nous faisons les piles, je ramasse le bois épars et je le lui jette ; il range. Sa jambe le fait un peu moins souffrir mais son épaule, à force de frotter l'écorce de l'arbre, est abîmée. En essuyant la plaie qui suinte, il dit : *Un moindre mal.*

Les vieux n'ont jamais fait la moindre allusion à la terrible soirée. De mon côté j'essaie de ne plus y penser, encore meurtri, humilié, hérissé. Luc aussi a laissé tomber le sujet devant mes insultes systématiques. La seule chose, c'est que je prie chaque soir que la vieille ne revienne pas. Mais cela arrivera forcément, comment pourrait-il en être autrement ? Chaque fois que j'entends un bruit étranger autour de la maison, je me replie en grelottant.

Parfois je me demande comment un endroit comme celui-ci peut exister. Pas à cause des vieux, de leur folie, de leurs sévices. Mais déjà l'endroit en lui-même.

Un lieu où personne ne passe, jamais.

Un lieu désespéré dès le départ, perdu et muet. Maudit.

Il n'y a qu'ici que ce genre de choses pouvait arriver. Et si quelqu'un passait, nous ne le saurions pas. Nous sommes enterrés dans cette cave dont les murs font quatre-vingts centimètres d'épaisseur. Le soupirail donne sur l'autre côté, le plus éloigné du chemin. Et le chemin s'arrête avant les herbes folles.

Pour arriver au chemin, il faut avoir envie de passer les bosquets de ronces et le panneau « privé » assorti d'un dessin mal fait de tête de mort, surplombé de l'indication « terrain piégé ». Je m'en souviens. Pas très engageant.

Et pourtant il a bien fallu que ma voiture arrive jusqu'ici.

Luc est persuadé d'entendre des bruits de circulation au loin. Il suppose qu'une route passe quelque part, bien plus haut, mais que la maison est invisible de là-bas. Il n'entend la circulation que certaines nuits très calmes. Je ne sais pas s'il rêve ou si cela peut être vrai.

Moi, rien ne me parvient.

— Pas grave, dit Luc. De toute façon ça t'apporterait quoi ?

Alors nous essayons d'oublier nos désirs d'évasion et nous nous racontons des souvenirs. Ceux de Luc ne concernent presque que les huit années qu'il a passées ici. Il dit qu'avant, cela lui paraît irréel. Une autre vie. Il préfère ne pas y penser, pour ne pas regretter.

Moi je regrette, et fort. Je lui parle de Lil, de nos sourires, du parc où nous allions le soir. Rien que des beaux souvenirs. Les accidents, les drames et les fureurs, je n'en veux plus, même dans ma mémoire. J'ai mon compte ici. Souvent j'enjolive un peu ; mais la réalité aurait pu être ainsi, au fond.

Luc enchaîne avec ses horribles histoires. Certaines d'entre elles me font frémir. Lui, il rigole, parce qu'il a survécu à tout. Quand il se rend compte qu'il arrive au bout du rouleau à son tour, il se tait. De temps en temps il explique des choses si énormes que je ne sais pas si je dois y croire ; mais rien n'est impossible, ici. Comme cette histoire qu'il vient de commencer à me raconter et qui date d'il y a longtemps, quand les vieux ont attrapé un jeune type.

— Un autre ?

Luc ne répond pas et se redresse, regarde les inscriptions au mur. Il se tait, hochant la tête ici et là. Par mimétisme j'observe aussi les pierres maculées de traits noirs barrés ; de là où je suis, on dirait que Luc a tracé des caractères ésotériques partout derrière lui, à la manière d'un savant fou qui aurait mis bout à bout de longs calculs. Le mur est comme griffonné. La pierre est devenue grise de bâtons marqués au charbon et qui par endroits ont coulé avec l'humidité. Luc suit du doigt une série de marques, s'arrête sur un cercle irrégulier.

— Ouais, dit-il au bout d'un long silence, c'est là. Ça fait presque trois ans.

Un artiste, quelque chose comme ça – il agite la main d'un air dédaigneux. Un gars avec un pantalon indien, une petite barbe soigneusement taillée en pointe et une boucle d'oreille argentée.

Seulement le type n'a pas pris les vieux au sérieux. Même amoché, même crachant son sang, il a continué à gueuler qu'il ne ferait pas un geste pour eux. L'esclavage c'était fini, point barre. Il ne bougerait pas. Luc dit que, de toute façon, il n'était plus en état de travailler à ce moment-là. Mais pour brailler, ça, il trouvait la force.

Et puis il se tait.

Un peu jaloux, je mesure le cran qu'il a fallu à ce type pour tenir tête aux vieux. *Ah oui*, je dis en me mordant la lèvre. La pensée d'après me laisse perplexe. Il n'est plus là, lui. Par un réflexe stupide je parcours la cave des yeux. Je tique, *Hé mais*.

Ils ne peuvent pas l'avoir laissé repartir. Ça ne peut pas être aussi simple. Bon Dieu, ce que je suis con alors. Je me tourne vers Luc.

— Merde, il est plus là ?

Il sourit à moitié en haussant les épaules. Il dit :

— T'es dessus, mon pote.

Sans prendre le temps de comprendre, je ramène vivement mes jambes sur la planche. Je secoue la tête.

— Non.

Cette fois Luc laisse échapper un petit rire.

— Si je te le dis. C'est moi qui ai creusé le trou. Tu as un macchabée sous le cul depuis le début, mon pote.

Je regarde par terre autour de moi, comme si un os allait sortir. Le sol n'a même pas l'air d'avoir été remué. Trois ans. Cela fait trop longtemps. Ou alors Luc se fout de ma gueule ; au regard que je lève sur lui, il se défend d'un geste. *Je te jure*. Je renifle prudemment. Il soupire.

— À l'époque je préférais que ce soit son trou plutôt que le mien. Mais finalement tu vois, j'ai fait les deux.

— On se tirera avant que tu sois dans le tien.

Je me rends compte en même temps que je prononce ces mots que je n'y crois plus. Je l'ai dit sans conviction. Luc n'est pas dupe. Il opine à voix basse :

— Oui, peut-être.

Et je ne relève pas.

Je suis si fatigué.

En prenant la hache l'après-midi, je glisse dans la boue et elle m'échappe. Je me rattrape de justesse. Quoique, pour ce que ça aurait changé.

Luc ramasse la hache et me la tend. La tête courbée sous la pluie qui ne s'arrêtera sans doute jamais plus, je reste un moment les deux mains appuyées sur le manche, cherchant à me détendre le dos, exténué. Même si les vieux me détachaient à ce moment-là et me disaient : *Va, tu es libre*, je ne partirais pas. Je n'ai plus la moelle. Plus l'ombre d'une force.

Un peu plus loin, sous l'auvent de la maison, Basile braille pour que nous reprenions le travail. Avec le rideau de pluie qui nous sépare, je lève la main pour signifier que j'ai entendu. Je lui fais un doigt d'honneur en crachant une insulte, parce que je sais qu'il ne s'en rendra pas compte. Ce foutu enfant de salaud. Luc renchérit à voix basse.

— Ouais, ce fils de pute, qu'il vienne se mouiller, si on va pas assez vite.

Je m'essouffle à chaque coup de hache, à chaque coup de scie. Et pourtant je vais lentement, les yeux brouillés par la pluie et l'épuisement. Je n'ai pas souvenir d'avoir jamais ressenti une telle faiblesse, si profonde qu'elle en est humiliante. Le bout de mes forces arrive comme le haut d'une côte, se rapproche centimètre après centimètre. Mais même ça, c'est trop long. Luc me regarde bizarrement.

— Ça va ?

— Pas trop.

— Qu'est-ce que tu as ?

— Je n'en peux plus.

Alors je me laisse glisser et je m'assieds sous la pluie, le dos contre un jeune arbre. Pour la différence que ça fait : mon pantalon est déjà ruisselant. Mes épaules nues se courbent sous les gouttes d'eau qui tombent inlassablement.

— Relève-toi, s'affole Luc. Relève-toi, ils vont te buter !

Je regarde le paysage gris, la petite pluie fine et infinie. Il n'y a pas la moindre lumière qui me permettrait de savoir à peu près l'heure qu'il est. Peut-être est-il temps de s'arrêter. Peut-être que non, et Luc a raison, Basile va venir et me flinguer.

— Théo, ils arrivent.

Ça me fait drôle d'entendre mon nom. Je ferme les yeux. Au fond, tant pis pour ce qui arrivera. Je répète dans un murmure en voyant les deux vieux devant moi, abrités sous un parapluie :

— Tant pis.

Ma voix est si faible que je l'entends à peine. Joshua regarde son frère.

— Y a qu'à le rentrer.

— Si on fait ça, il recommencera, objecte Basile. Faut qu'il finisse.

— Tu vois bien qu'il n'en peut plus. On n'est pas à une heure près, Base. Demain il sera toujours temps.

Basile tique. Il n'apprécie pas du tout que Joshua conteste ses ordres.

— Ça lui coûte quoi de finir la journée ?

— Eh bien, il va la finir assis, c'est tout. Il a même pas la force de se lever, qu'est-ce que tu veux qu'il fasse ?

Les yeux toujours fermés, je les écoute s'engueuler et je somnole à moitié sous le ronronnement de leurs voix. Ma respiration trop lente descend jusqu'au fond de mes tripes dans un bruit de tissu qu'on déchire. Je laisse ma tête rouler sur le côté. Je ne me suis pas senti aussi bien depuis longtemps. Mes mains effondrées sur le sol soulagent enfin mes bras distendus.

Le seul effort que je fasse encore, c'est de respirer.

Quand Joshua me secoue, je me fous que ce soit pour me dire de rentrer ou pour me mettre le fusil sur la tempe. Je ne peux plus. Il se penche vers moi.

— Allez. Sinon, cette fois, Basile va te descendre.

Il m'oblige péniblement à me mettre à genoux. Luc me prend sous le bras et m'aide à me relever. Basile nous regarde d'un air mauvais, le fusil à la main, marmonnant des choses que je n'entends pas.

Nous nous traînons jusqu'à la maison. Joshua s'essuie le visage dans un torchon et ouvre la porte de la cave pour que nous descendions. Au moment où je passe devant lui, il me glisse quelque chose dans la main.

Je cligne des yeux et je regarde le morceau de pâte sans bien comprendre. Un flan, une part de quiche, que sais-je. Je murmure :

— Merci.

Basile tourne la tête vers nous.

— La ferme, dit Joshua bien haut.

Il descend avec nous, récupère la clé de nos cadenas et ressort. Trop épuisé, je cache le gâteau sous ma chemise restée à l'abri et je m'allonge sur la planche.

Je n'enlève même pas mon pantalon trempé de pluie et de terre.

*

Les jours suivants, Joshua s'arrange pour me faire passer un peu de nourriture en douce. J'ai été stupéfait au début, mais c'est passé très vite ; maintenant j'attends le soir en tremblant d'excitation et je cherche comment maintenir cet avantage. La seule façon pour moi d'espérer que l'élan de Joshua persiste, c'est de réussir à assurer mes journées de travail. Je fais un effort démesuré pour avancer lentement la coupe de bois.

Les premières fois, je me suis tourné contre le mur de la cave et j'ai mangé en cachette, sans faire de bruit. Je ne voulais pas partager, il fallait que je reprenne des forces à tout prix. De toute façon, Luc allait mourir, voilà ce que je me disais. Et même s'il ne mourait pas, je m'en foutais éperdument.

Quand j'ai vu que Joshua continuait à me donner à manger chaque soir, j'ai appelé Luc à voix basse et je lui ai lancé une partie de mes rations. Selon les jours, ça a été du pain, du fromage, un gâteau. Une fois, une boulette de pâté.

Luc me prévient :

— Ça ne pourra pas durer.

Chaque fois qu'il dit ça, je le déteste. Une colère sourde me noue le ventre et je mc promets de ne plus rien lui jeter. Mais le lendemain je recommence. Pourtant c'est à moi, et à moi seul que Joshua donne cette nourriture ; et j'en veux à Luc, par sa seule présence, de réclamer une part qu'il ne mérite pas. Certains soirs, je ne coupe pas ce morceau de pain en deux de bon cœur. Et je rogne un petit peu plus sur sa portion de jour en jour. Mais je le fais. Pour moi. Parce que je ne veux pas risquer de me retrouver seul ici.

Cette minuscule amélioration de mes conditions d'existence a un effet pervers : je ne pense plus à m'enfuir. Je me mens en me disant que j'essaie de reconstituer mes forces pour avoir une vraie chance d'échapper aux vieux. Mais j'ai arrêté d'échafauder des plans. Toute la fin d'après-midi, mon esprit est obnubilé par l'espoir de découvrir le petit surplus dans ma main, et ce que ce sera. Une nuit, effrayé, je réalise à quel point j'ai glissé vers cet abandon total, comment Joshua a réussi à me faire croire que je n'étais pas si misérable. J'ai occulté les coups qui strient mon corps chaque jour quoi qu'il arrive, l'humiliation quand les vieux s'adressent à moi en m'appelant *le chien*. D'ailleurs Basile ne m'appelle même plus : il me siffle.

Et je viens.

La cave humide et mes vêtements plus sales et plus mouillés de jour en jour, l'épuisement de ces journées de bagne, je les ai oubliés. Et les douleurs de mon dos, qui m'empêchent de dormir malgré la fatigue.

Je me suis perdu.

Peut-être qu'au fond les vieux se sont fait piéger par la routine. Peut-être qu'ils considèrent que, comme Luc, je suis trop abîmé et trop soumis pour m'échapper ; ils n'ont pas tort, cela dit. Cela fait des semaines que je fais chaque jour les mêmes gestes exténuants dans cette parcelle de bois qui n'en finit pas, quel que soit le temps, quoi qu'il arrive. Luc et moi ressemblons à des épouvantails oubliés dehors tout l'hiver. Sauf que nous sommes des hommes et que l'automne débute à peine. Le soir, tremblotant dans la cave, nus sous nos couvertures en espérant que nos vêtements sèchent un peu pendant la nuit, nous insultons les vieux à voix haute. Cela nous réchauffe. Cette colère même épuisée nous fait circuler le sang et nous la guettons comme le signe de notre survivance. Lorsqu'elle nous passe dans la gorge, elle nous brûle de la même façon que le café âcre du matin.

Mais voilà. Chaque jour, Joshua me tend quelque chose de plus à manger. Sans lui, nous serions au régime patates depuis un bon moment, car les vieux n'ont pas tué une poule en plusieurs mois. Ou bien pour eux, qu'ils mélangent à du riz et du bouillon pour tenir une semaine ; alors nous en sentons les arômes et nous essayons de ne pas saliver en voyant la marmite posée sur la table, et qui nous est interdite. Joshua dit : *Y en a pas assez*. Peut-être est-ce l'une des raisons qui le poussent à me faire l'aumône de petites choses ici et là. Je ne le remercie jamais, à cause de Basile. S'il entendait. Mais en silence, par superstition, je remue les lèvres et je lui rends grâce ou presque.

Nous haïssons les vieux et nous quémandons leurs attentions comme des chiens, veules que nous sommes. J'ai dit la routine ; cela pourrait tout aussi bien être une résignation misérable. La révolte s'est éteinte sans que je m'en aperçoive. C'est ce qui explique que je ne réagisse pas tout de suite quand une occasion inespérée se produit.

Ce nouveau jour de pluie, alors que nous avançons toujours plus dans la parcelle de bois et que les vieux restent abrités devant la maison, je vois Basile s'éloigner et se retourner pour pisser contre un arbre. Un instant, l'étonnement me fige. D'habitude les vieux s'échangent le fusil et ne nous lâchent pas du regard. Jamais l'un d'eux n'a agi avec autant d'imprudence. Mais comme je l'ai dit, la morosité de la répétition peut-être. La certitude de leur domination.

Je suis là et je regarde Basile, surpris par sa négligence. Et puis soudain je sursaute et mon cœur s'emballe à se rompre. Parce que je viens de me rendre compte.

Je réfléchis à peine. Luc est adossé à un arbre et j'entends le bruit du merlin, lent et régulier. Alors tournant les talons, je pars en courant. Je sais que Basile est à trente mètres de moi, quarante à tout casser. Ma seule chance, ce sont les arbres entre lui et moi. Et peut-être Luc.

Je crève de trouille.

À petits pas épouvantables à cause des chaînes, je cours.

Derrière moi, j'entends un hurlement, et puis le claquement du fusil. Un autre cri aussitôt, sans doute Luc, je n'en suis pas sûr. Mais je ne me retourne pas, je ne me jette même pas par terre. Foutu pour foutu, je cavale, chaque fraction de seconde compte. Tout au plus je me baisse un peu, par réflexe ; c'est sans aucun doute ce qui me permet de ne pas prendre la balle en plein dans le dos. Une douleur fulgurante me traverse le bras gauche et m'arrache une plainte mais, encore une fois, je continue sans regarder derrière moi. L'adrénaline me tient comme un fauve. Une main serrée sur mon bras, le sang poissant entre mes doigts, je braille tout seul pour me relancer parce que j'ai ralenti, par peur plus encore qu'à cause de mon bras qui pend douloureusement.

— Allez, allez !

Ma seule chance, c'est l'état des vieux. Je les entends marcher derrière moi, trop usés pour courir. Ils ne me rattrapent pas ; je crois même que j'ai pris un tout petit peu d'avance. Mais la chaîne qui cliquette entre mes chevilles me trahit aussi sûrement que si je portais une lampe pour leur indiquer ma position, et j'entends Joshua qui crie : *Par là !* À nouveau une détonation. Cette fois je roule sur le sol, crispé d'angoisse et de souffrance. Sous mes pieds, le terrain se dérobe ; avec le mauvais temps, la nuit tombe déjà et masque le bord du ravin. Je glisse dans une plainte.

Je me sens basculer dans le vide, incapable de freiner ma chute. Ma tête cogne par terre et je dévale sur des pierres qui me désarticulent comme un pantin, cahoté dans une pente terrifiante. Quelques mots me traversent, fossé, falaise, je ne sais plus. Mon corps continue à dégringoler. Il fait noir.

Je n'entends plus les vieux.

Plus rien.

*

Mon premier réflexe en reprenant conscience est de vérifier que je peux bouger. Gémissant, je me retourne sur le dos. Les yeux écarquillés pour discerner les ombres dans la nuit, j'étouffe un cri de douleur. Autour de moi la forêt apparaît peu à peu, dessinant une immense voûte noire qui cache le ciel. Je ne reconnais rien, je ne perçois rien. Pas besoin de faire un effort pour me souvenir comment je suis arrivé là, mes mains tremblent encore. La situation, dans l'immédiat, ne me rassure pas : je suis quelque part dans les bois, trempé, blessé, crevé.

Et puis l'idée me frappe de plein fouet. Les vieux ne m'ont pas retrouvé.

Je me mets à rire doucement. Les nerfs, parce qu'il n'y a pas de quoi se marrer sinon. Mais la bonne nouvelle, c'est ça. La vache, ils ne m'ont pas rattrapé. L'instant d'après je sanglote, allongé sur la terre délavée, le visage dans les mains. Je suis libre.

Aussitôt la peur m'irradie. Et s'ils sont sur mes traces.

Ils le sont forcément.

J'ai toutes les peines du monde à me calmer, gêné par le bruit de mon cœur et de ma respiration affolée. La forêt m'abrite et m'inquiète. J'essaie de flotter, à l'affût d'un craquement de branche ou de feuilles foulées.

Rien.

Je reste longtemps à moitié allongé, glacé, les oreilles tendues. Sans oser bouger. Il me semble que si je reste immobile, personne ne pourra me trouver. Dans le même temps, j'essaie de me repérer malgré l'obscurité. Peut-être suis-je au bas de ce ravin dans lequel je suis tombé. Ou peut-être à cent mètres des vieux. J'ai pris le chiffon trempé dans ma poche et je nettoie en grimaçant la blessure de mon bras avec l'eau de la pluie. Cette fois je me maudis d'avoir laissé ma chemise dans la cave, tremblant de froid. Bien sûr cela n'aurait pas changé grand-chose, une fois qu'elle aurait été mouillée. Je déchire le torchon et je fais un nœud autour de la plaie. Avec l'autre morceau, je réussis à faire une écharpe pour mon bras. Elle est trop courte mais la douleur s'atténue. Je m'adosse à un rocher, le souffle court.

Derrière mes paupières baissées, la question me cogne aux tempes. Où suis-je ? Je me remémore avec difficulté les environs de la maison perchée sur le haut du mont. Ma seule certitude, c'est que je ne peux qu'être plus bas. Mais je ne suis jamais venu jusqu'ici puisque notre périmètre de vie, à Luc et à moi, culmine à cent mètres autour de la baraque. Je pourrais essayer de me rappeler le chemin qui m'a amené chez les vieux il y a des mois et des mois, mais c'était de l'autre côté de la montagne. Plutôt crever que de repasser par là et risquer de tomber sur eux. Je regarde autour de moi sans espoir ; il fait une nuit d'encre et la pluie ruisselle sur mon visage. *Il était une fois.* Des contes pour enfants me reviennent en mémoire. Ils se déroulent toujours dans la forêt. Il s'en faut de peu chaque fois que ça ne finisse mal, et dans la réalité, rien ne permet d'espérer que les choses se passent mieux.

En pleine confusion, je m'oblige à respirer et à compter les secondes qui s'écoulent. Lorsque je suis sûr d'être calmé, je lève les yeux au ciel. Des nuages et une pluie qui vire au crachin. Pas une étoile. Je ricane. Et puis ? J'aurais suivi l'étoile du Nord, peut-être ? Moi qui serais même incapable de la reconnaître.

Me lever. Marcher. Avancer, n'importe où. Que je m'éloigne, que je quitte cet endroit, simplement pour sentir que j'en suis bel et bien parti. En prenant le risque de revenir sur mes pas sans m'en rendre compte. J'essaie de me concentrer pour me repérer et je baisse la tête, découragé. Alors, attendre le jour. Je rampe sous un gros arbre où je m'abrite tant bien que mal de la pluie. L'épuisement me donne des vertiges et je me raisonne en me disant que le mieux que j'aie à faire, c'est de dormir et de reprendre des forces. Aux premières lueurs, je trouverai des repères. Je partirai.

Les mots d'Hugo résonnent dans ma tête, *Demain dès l'aube, à l'heure où blanchit la campagne.*

Je ramasse quelques branches cassées que je pose sur mon torse nu, le bras en feu, le corps secoué de tremblements.

Comme si je pouvais me protéger. Me cacher.

Tout est si vain.

*

La nuit, le père nous infligeait des histoires terribles, à Max et moi, quand nous ne voulions pas dormir. Pendant dix ans nous avions entendu des chansons douces et des récits de lapins ou de nounours, et nous étions heureux de sombrer dans le sommeil avant même que tout se finisse bien. Et puis notre mère était partie et c'est le père qui avait pris le relais, bien obligé. Avec lui les histoires avaient changé. Elles nous terrorisaient, car ces contes qu'il nous relatait, il les trafiquait. Peut-être qu'il avait une revanche à prendre sur nous, qu'il nous en voulait parce que notre mère l'avait quitté ; malgré tout nous n'y étions pour rien. Elle nous avait *tous* quittés. Peut-être simplement ne nous aimait-il pas. En tout cas il nous racontait des histoires quand nous n'étions pas sages et j'ai découvert assez tard que ce n'était pas censé être une punition. Mais il ne nous avait jamais dit que le Petit Poucet retrouvait le chemin de sa maison, ni que Gretel réussissait à pousser la sorcière dans le four. Il s'arrêtait avant, quand tous les gamins étaient perdus en forêt ou que la sorcière en colère décidait de manger Hansel. Max et moi le regardions sortir de la chambre après ces fins terrifiantes. Il pointait un doigt vers nous et disait : *Si vous ne vous calmez pas, moi aussi je vous abandonnerai dans la forêt. Et vous voyez ce qui se passera ?* Il gagnait chaque fois : nous ne dormions pas, mais nous ne bougions plus. Au bout d'un moment à fixer le plafond en respirant à peine, Max affirmait d'une fausse voix dure : *Il le fera pas*. Je priais pour que cela soit vrai.

Je me réveille bien avant l'aube, transi, la gorge serrée sur l'un de ces cauchemars qui m'effraient depuis mon enfance. Je fais un point inquiétant : j'ai dormi à petits coups et je suis épuisé, mon bras me fait horriblement mal. Rien mangé depuis hier midi – et encore,

Joshua ne m'a jeté qu'une fin de tourte et une patate de la veille. Je réprime un rictus. Quand je pense que j'ai ramassé leurs deux mille mètres carrés de pommes de terre en septembre, à ces salauds. Et ils me concèdent une vieille patate de l'année précédente, molle et la peau éclatée. Vraiment.

J'attends que le ciel se grise un peu, la main serrée sur mon estomac, essayant d'ignorer la douleur de mon bras. Le sang s'est arrêté sous le chiffon et forme une croûte presque noire. Même assis, des vertiges m'étourdissent. La seule bonne nouvelle, c'est qu'il ne pleut plus.

Quand j'y vois suffisamment, je me lève. J'ai longuement pensé aux cartes de randonnée et mon seul souvenir, c'est quand Mme Mignon a tracé le chemin pour que je vienne jusque chez les vieux. Son trait de crayon partait vers la gauche, j'en suis presque sûr. Plein ouest. Alors je pique vers l'est. Il n'y a pas d'autre raison à cela que la peur panique de tomber sur elle. Je ne me rappelle pas l'implantation exacte des hameaux alentour, mais il y en avait. Loin. Les petits carrés noirs dessinés sur la carte me dansent dans la tête. Une question de kilomètres.

Je repère le côté du ciel qui me semble le plus lumineux et je rassemble les forces qui me restent pour me mettre en route. Au bout de cent mètres je souffle comme si j'escaladais une montagne.

Mais la pensée obsédante que j'ai réussi à m'enfuir me pousse en avant.

Je ne sais plus combien de fois j'ai dû m'arrêter, nauséeux et chancelant. Sans doute ai-je passé plus de temps à reprendre haleine qu'à marcher et à trébucher dans les branches et les ronces. J'ai trouvé un cours d'eau et j'ai bu à m'en rendre malade. Cela confirmait mon impression d'avoir roulé au bas de la vallée : la rivière courait au fond. Malgré le froid j'ai nettoyé ma blessure en sursautant chaque fois que j'effleurais la plaie. La chair est déchiquetée et un suintement jaune s'écoule des bords de la plaie. Grimaçant, j'ai levé un peu le bras pour vérifier qu'il bougeait. Le chiffon puait. Ça s'infecte. Allez garçon, il faut s'en sortir, et vite.

Toute la matinée j'ai suivi le ruisseau, à peu près persuadé que c'était celui près duquel j'avais déjeuné une fois, au tout début de mes promenades dans le coin. Si c'est bien lui, il doit m'amener à Uche, même si, autant que je me souvienne, c'est assez loin. Et puis il m'a semblé que le ruisseau que j'avais vu n'était pas sur ce versant de la montagne. Alors je ne sais plus.

Je me retourne de temps en temps pour évaluer le chemin parcouru. Un chiffre à me faire renoncer telle-ment mes efforts sont vains ; cinq ou six kilomètres depuis ce matin, au mieux. Et toujours pas le moindre bruit, ni voix, ni voitures, ni clocher d'église, rien. J'ai l'impression d'être dans un désert, avec des obstacles partout par terre qui s'agrippent à moi. Ou dans une jungle. Seuls quelques oiseaux chantent et encore, cela ne ressemble pas à des chants. Ils piaillent. Ils s'appellent. Leurs cris m'insupportent.

Le bruit du ruisseau dans ma tête. Pas plus.

Pour me donner du courage, je pense à Luc. C'est curieux comme réflexe ; j'aurais cru que l'image qui me viendrait la première serait celle de Lil. Mais c'est la silhouette de Luc sautillant sur place qui m'arrive de plein fouet. Luc et son bandage déformé, son rictus de haine et de souffrance. Ses commentaires à voix basse sur les vieux. Son irrésistible envie de vivre. Alors ces pas que je fais l'un après l'autre, c'est pour lui aussi.

Si ce n'était que pour moi, je crois que je me serais déjà assis par terre. Je ne sais pas ce que j'aurais attendu.

La mort. Ou même que les vieux me retrouvent.

Un vieux pommier qui bordait le bois portait encore des fruits. Ridés, fripés, trop rêches. Mais je les ai dévorés sans sourciller. J'ai mâché à grand-peine la peau trop dure et je n'ai pas remarqué que mes gencives saignaient avant de sentir le goût du fer dans ma bouche. J'ai bourré mes poches de pommes, autant que j'ai pu, et cela m'a rassuré.

Pour la première fois depuis des mois, dans le ruisseau, j'ai regardé mon reflet. Pure provocation. Ce serait forcément un choc, comme les fois précédentes. Heureusement il était flou dans cette eau remuante, ce terrible reflet maigre et barbu que je n'aimerais pas croiser dans un bois un matin d'automne. J'ai baissé la tête et je me suis relevé sans émotion. Cette image, ce n'était pas moi.

J'ai craché dans l'eau et je suis reparti.

Mais mes jambes ne me portent plus et une lassitude tentante me gagne peu à peu. Il y a quelques heures j'y faisais attention, parce que la prison m'a appris qu'il y a des fois où le découragement devient fatal. Des jours où on se laisserait crever le ventre par le grand Gilles parce qu'on est trop fatigué pour continuer à résister, et que le repos même mortel semble préférable à cette lutte qui n'en finit pas. Des jours d'usure. En prison, il y a toujours eu quelqu'un pour me secouer ou me protéger le temps que je me reprenne. Le temps que ma tête se remette à l'endroit. Ici je suis seul.

Alors j'ai fini par m'asseoir. Et insulter cette forêt opaque où pas une fois je n'ai pu voir au-delà d'une cinquantaine de mètres. La seule chose dont je sois sûr, c'est que je remonte le sens du ruisseau depuis le début et que, même s'il fait quelques boucles, nous avançons vers l'amont.

Je ferme les yeux.

Pour la première fois depuis des semaines, l'image de Lil se forme devant mes paupières lourdes. J'ai arrêté de penser à elle il y a longtemps. Quelque chose en moi s'est refusé à l'appeler dans cette ignoble cave depuis le printemps dernier, comme si j'allais l'abîmer. Comme si je pouvais la salir, lui transmettre mes pensées sordides ou mon corps meurtri. Et là je reviens à elle, moi qui me suis posé trop de questions pour courir la voir en sortant de prison. J'essuie un pauvre sourire, me prenant le visage dans les mains. Quelle leçon. Peut-être qu'il me fallait cette gifle pour me rendre compte que la vie est bonne à prendre au jour le jour, sans chercher à savoir si c'est juste, ou si cela durera.

Je soupire avec des hoquets de tristesse. Combien de jours avant de retrouver Lil et de lui amener ma carcasse sur un plateau, enfin, quand elle sera réparée ? Les mains serrées sur une prière, je jure que rien n'arrivera qui puisse à nouveau nous séparer. Rien ne m'empêchera de la prendre dans mes bras et lui murmurer des mots d'amour à l'oreille. J'ai besoin de croire de toutes mes forces que Lil et moi avons encore un avenir, sans quoi je ne me relèverai pas.

Son image s'estompe et je ne cherche pas à la retenir. Je la regarde partir, confiant. Elle me fait un signe, en attendant de me revoir. En quelque sorte, c'est une affaire d'heures, maintenant. J'observe mes mains qui tremblent ; je suis bon pour l'hôpital, d'abord.

Mais après. Après !

Je me remets en route, les jambes raides. Torse nu depuis hier, j'ai froid. Un vent frais s'est levé et je sens ma peau se glacer malgré la protection de la forêt. Le bras enroulé autour de mon ventre, j'avance toujours plus lentement. Le simple fait de lever les pieds pour enjamber les ronces me fatigue. Je mange une pomme au bout d'une heure, sans plaisir, sans que je sente revenir de force. Je rêve de pain chaud. Par moments ma vue se brouille.

En fin d'après-midi, alors que la lumière du ciel décline déjà, je devine d'un coup un minuscule sentier et les battements de mon cœur s'accélèrent. Je quitte progressivement le fil du ruisseau, le chemin remonte. Le ciel est blanc. Je me dis que c'est un signe. Enfin un sourire. Et pourtant, la tête assommée par la douleur de mon bras, je m'arrête toutes les dix minutes, certain que mes plans vont s'effondrer, pétrifié à l'idée que les vieux puissent être en embuscade quelque part.

Mais vraiment, en revoyant lentement mon trajet depuis hier, je ne crois pas être retourné à aucun moment sur mes pas. Une fois encore, je m'encourage :

— Allez.

La conviction n'y est plus. Appuyé contre un arbre, la tête renversée en arrière, je somnole.

Fièvre.

Quelle saloperie de vie.

En repartant un peu plus tard, je réprime un cri de colère devant ce paysage uniforme de bois et de forêt. Pas une route, pas un village dans ce pays de merde ! Des arbres, encore, toujours des arbres. Des arbres à n'en plus finir. Des arbres à y mettre le feu ! L'espace d'un moment, je regrette la cave, la planche, ma chemise sèche. Même le pain rassis.

Je secoue la tête, effaré.

Replonger. Cela me semblerait si reposant, à cet instant.

Je me frotte le visage. Et retrouver les vieux, le fusil, la hache ? Savoir que je finirai là-bas comme un bagnard après avoir à mon tour creusé ma tombe ? Plutôt crever ici. Et je ne peux pas m'empêcher de penser que cela pourrait arriver en effet. Cela serait si simple.

Pourtant je mettrais ma main à couper qu'il y a une route, une maison pas loin.

Je me remets à marcher, les mains cherchant l'appui des troncs d'arbres à cause des vertiges qui me déséquilibrent. Le sentier s'élargit peu à peu, toujours au milieu des bois. La lumière me fait défaut rapidement, soit que les arbres l'arrêtent, soit que l'après-midi ait fini par passer. Ou que les nuages de pluie reviennent. Je ne lève même pas la tête pour vérifier.

Exténué, je cherche un endroit pour passer une nouvelle nuit. Je pose des branches en biais contre un rocher, qui feront office d'abri précaire. S'il ne se remet pas à pleuvoir, cela suffira. Je ramasse des fougères presque sèches et je les étale par terre.

Je mange une pomme, les yeux fermés. Je me roule en boule sous ma cabane de fortune. Pour me réchauffer à tout prix, pour ne pas mourir. Je guette un signe de chaleur qui ne vient pas. Seul mon front goutte de fièvre. Et quand je prends conscience que je suis là recroquevillé comme un vieux chien mouillé, je serre les poings en ravalant ma honte.

Au petit jour je me lève avec difficulté, fébrile. Mon bras va mal. Je n'ose pas retirer le chiffon serré pour voir dans quel état est la blessure. Épuisé avant d'être reparti, je passe un moment à calmer les tremblements qui m'agitent. Ma tête demande grâce, voudrait que je m'asseye et que j'attende là sans bouger, sans espoir, sans rien. Je m'arrache à cette torpeur dangereuse avec un effort surhumain. Les yeux brûlants, je regarde briller le soleil trop pâle et je m'oblige, cette fois encore, à le suivre. Soulevé par une pomme acide et dure, mon estomac réclame à manger. Mais il n'y a rien dans ce paysage gris et blanc qui me prend au corps peu à peu.

Mon cœur fait un bond dans ma poitrine lorsque, après ce qui me semble être des heures, j'entrevois une route en surplomb. Haletant, je quitte le chemin pour remonter le long talus de sous-bois. Je tombe à genoux plusieurs fois, la sueur ruisselant sur mon front et dans mon dos malgré la fraîcheur. Le souffle rauque, j'atteins enfin la route et je m'affaisse sans oser y croire. C'est presque un chemin forestier d'ailleurs, abîmé, le macadam percé de nids-de-poule. J'hésite quelques instants sur la direction à prendre. À droite, la route continue à monter : c'est par là que je me décide à aller.

Il me faut quelques minutes avant que la pensée terrifiante que je pourrais rencontrer Mme Mignon ne m'assaille. *Ils* me cherchent encore, c'est obligé. Ils le savent bien, que cette forêt est immense et qu'ils ont des dizaines de chances de me retrouver. Sûr qu'ils patrouillent. Pétrifié, je redescends de quelques mètres dans le ravin. L'effort est bien pire mais une nouvelle joie électrise mes dernières réserves d'énergie. Ça y est, j'ai une route.

Ça y est.

Je trébuche sans cesse, me rattrapant les mains au sol, les chevilles douloureuses de glisser dans le dévers et de se heurter à la tension de la chaîne. Mais je les sens à peine. Les yeux agrandis par l'attention, un sourire fou aux lèvres, je continue à avancer, presque à quatre pattes maintenant. Une sorte d'animal humain. Je m'en fous. Rien d'autre ne m'atteint que la proximité de ma libération.

Un bruit de moteur au loin me fait sursauter, ravi, essoufflé et mort d'inquiétude. Je remonte avec méfiance, toujours caché avant de me jeter éventuellement sous les roues de Mme Mignon. La bouche ouverte sur un espoir indicible, je scrute la gauche de la route, d'où vient le bruit.

Et puis le doute n'est plus permis.

C'est une voiture foncée. Celle de Mme Mignon est blanche.

Pas un instant l'idée que cela pourrait être un piège ne m'effleure. Agrippant les rares touffes d'herbe, j'escalade les deux derniers mètres du ravin en entendant avec horreur le moteur se rapprocher bien trop vite et me dépasser. Je rejoins la route une fraction de seconde après le passage de la voiture.

Le bras levé dans un geste de désespoir, glissant sur le bas-côté, je rassemble ce qui me reste de forces dans un hurlement.

— Non !

Mais l'arrière de la voiture s'éloigne et je la suis des yeux, pantelant. J'entends ma respiration sifflante me déchirer les poumons et je m'agenouille.

— Non, non…

Le bruit du moteur de la voiture me fait lever la tête. Ses feux stop sont allumés. Elle freine. Dieu, elle freine ! Je me relève en me tenant le flanc, pris d'une joie sauvage. Je regarde les feux de recul de la voiture qui revient vers moi, comme halluciné. Oui, elle fait marche arrière.

— Hé !

Je fais des moulinets avec mon bras valide en poussant des beuglements.

— Hééé !

La voiture s'immobilise à une vingtaine de mètres de moi. De là où je suis, je ne distingue rien à l'intérieur. Je dis à nouveau, la voix rauque :

— S'il vous plaît.

Et puis je prends conscience de l'allure que je dois avoir, sale et à moitié nu, hagard, les vêtements déchirés. Les pieds enchaînés. Je lève les mains dans un geste d'apaisement, essayant de récupérer une voix normale.

— OK, tout va bien ! J'ai eu… j'ai eu un accident.

La voiture recule vers moi, lentement, fenêtre ouverte. Je devine la silhouette du conducteur qui me dévisage avec prudence, un type d'un certain âge, ses cheveux sont gris. Je veux avancer pour lui parler : la voiture fait un bond en avant. Au même moment, je réalise que c'est un 4 × 4 de forestier, un Land Rover vert et boueux, un forestier ou un gardien, que sais-je. L'angoisse qui m'étreignait se mue instantanément en une joie délirante. J'ouvre les bras dans un rire étranglé.

— Bon Dieu, je dis, bon Dieu ! Enfin !

Je tombe à genoux, les mains plaquées sur mon visage, indifférent aux sanglots qui me secouent violemment. Les mots hurlent dans ma tête, *c'est fini, c'est fini. Je suis sauvé.* Dans la fraction de seconde, je pense : *Six mois.* Six mois d'enfer. Je lève la tête, le regard éploré. Le type est descendu de la voiture, laissant le moteur tourner, et je le vois mal. Je bredouille : *Je vais vous expliquer.*

Je vais vous expliquer cette histoire sans queue ni tête, aberrante, anachronique. Laissez-moi vous parler de Basile et Joshua, et de ce que j'ai vécu depuis le mois de mai dernier.

Les vieux, le bois et les patates, et Luc, et le squelette sous mon lit. Les coups et les insultes. Encore une fois tout ça est fini.

Je crois que j'ai besoin d'un médecin.

Au moment où j'ouvre la bouche pour le dire au type, le regard brouillé par l'épuisement, je reste saisi d'effroi. Les jambes écartées, les bras tendus, il pointe un fusil vers moi. Pleine tête. S'il tire, je suis mort. Mon cerveau s'emballe et trébuche. *Ça va pas recommencer. Pas maintenant.*

Je regarde le trou noir du canon. Le gars fait un geste de la tête.

— Mets-toi contre la voiture, mains derrière le dos, vite.

— Attendez.

— Contre la voiture, j'ai dit !

Sa voix éclate dans le bois. Pétrifié, muet de surprise, je m'exécute. Il prend une corde, m'attache les mains dans le dos.

— Qu'est-ce que vous faites ?

Maintenant que je suis ligoté pieds et mains, il me retourne, me regarde. Son sourire vient fendre son long visage brun.

— Bon Dieu, dit-il, alors je t'ai eu, hein. Oui. C'est moi qui t'ai eu.

Un instant, malgré ma tête en bouillie, je me dis que c'est pour Max. Que l'histoire est plus grave que je ne l'ai cru et qu'on me recherche. Et si Max était mort ? Je bafouille :

— Je peux vous raconter. Je regrette infiniment. Je viens avec vous au commissariat, évidemment.

Il éclate de rire.

— Tu te fous de moi ?

Il ouvre l'arrière du Land, sécurisé par une grille, me le montre du menton.

— Monte.

— Quoi ?

— Monte, foutu salaud.

Les yeux écarquillés, je secoue la tête en le regardant.

— Écoutez, je n'ai rien fait à mon frère. Il y a peut-être eu un problème après mais je n'y suis pour rien. Et je ne comprends pas ce que vous dites.

— Ah tiens, s'énerve-t-il en pointant le fusil sur moi.

Je lève une main immédiatement – l'autre me fait trop souffrir –, en signe de soumission.

— Vous vous trompez, je dis d'une voix basse pour le calmer. Vous devez me prendre pour quelqu'un d'autre.

Il me parcourt du regard de bas en haut, hausse les épaules. Un sourire méchant lui étire les lèvres.

— Mais non. Tu es le chien de Base. Il te cherche depuis deux jours.

Faut-il vraiment une suite à l'histoire une fois que je prends conscience de la vacuité de mes efforts sur le chemin qui nous ramène à la maison ? Pendant tout le temps du trajet, ma tête est restée vide et je n'ai même pas pensé à ce qui se passerait quand les vieux me verraient descendre de la voiture. Sans doute que je n'y croyais pas encore. La suite, non, ce n'est pas beau à voir. J'avais bien perçu que ces quelque trente minutes dans un 4 × 4 vert seraient mon meilleur souvenir avant longtemps ; mais pas comme ça. Pas autant.

Je n'ai pas reconnu la route que prenait le 4 × 4, mais quand j'ai aperçu la maison, j'ai su que le type m'avait bien ramené aux vieux. Jusque-là, cette sorte d'espoir stupide me tenait encore, qu'il bifurquerait vers un hôpital, une gendarmerie, que sais-je. J'ai compris à ce moment qu'il n'y avait pas d'issue. J'ai beuglé dans la voiture en secouant la grille : *Non, non, non !*

Et rien n'y a fait.

Au-delà des portières verrouillées, j'aurais pu essayer de casser une vitre et de sauter en route. Mais les fenêtres étaient petites et de toute façon je n'en avais plus la force. Poursuivi par un homme même pas très jeune mais en bonne santé, armé, je n'avais aucune chance. Il m'aurait rattrapé en quelques mètres. Je me suis contenté de m'agripper aux barreaux de la grille et j'ai crié au type qu'il était fou, que ce qu'il était en train de faire était grave, qu'il irait en taule. Il m'a jeté un œil blasé dans le rétroviseur.

C'est moi qui étais en train de devenir dingue.

Le gars s'est arrêté dans la cour et il a ouvert les portes arrière. Joshua est sorti le premier et il m'a vu tout de suite. Il a hurlé de joie :

— Base ! Base, viens !

L'autre est arrivé et le sourire sur son visage, ce que cela signifiait pour la suite, tout cela m'a glacé. J'ai attrapé le bras du type qui m'avait ramené.

— Bon Dieu, vous ne pouvez pas me laisser avec ces fumiers !

Mais il s'est dégagé et le fusil de Basile a fait le reste ; immobile tandis que le Land Rover repartait, j'ai crié aussi fort que je le pouvais :

— Vous savez ce qu'ils font, vous le savez ! Ne me laissez pas ! Ne me laissez pas !

— Hé, Éric, a dit Basile en arrêtant le conducteur et en lui mettant une main sur le bras. Merci. Et passe voir la Rose, on te doit bien ça.

Ils se sont marrés tous les deux.

— T'inquiète pas, a dit celui qu'il avait appelé Éric. J'y aurais pensé tout seul.

Je n'articulais même plus quand le 4 × 4 a fait marche arrière avant de disparaître sur le chemin. Tout au plus je braillais comme un dératé des mots incohérents, des sons.

Et puis j'ai crié moins fort.

Et je me suis tu.

*

Une semaine flottant entre deux mondes. La réalité, hachée, me ramenait à deux uniques perceptions : mon corps brisé et l'obscurité de la cave. Je les percevais à peine. Je repartais dans un songe sans fin, sans mots, dénué d'existence. Des rêves extravagants m'épuisaient. Tout ce qui me détournait de la douleur atroce de chaque parcelle de peau, de chacun de mes muscles déchirés valait le coup de s'y laisser glisser. Au fond de ce tunnel, nulle lumière. Juste des pensées entrechoquées et inaccessibles, le sentiment de soif aussi. Des sortes de photos fuyantes de la raclée indescriptible que j'avais reçue.

Quand les vieux m'ont menotté au radiateur et que je me suis débattu comme un fou avant que Joshua arrive à me porter le premier coup, cela m'est revenu brutalement en mémoire. Une image. Un éclair. J'ai été témoin moi aussi de quelque chose de semblable il y a longtemps, chez un ami dont les parents tenaient un centre équestre. Un cheval récalcitrant que son cavalier avait fini par attacher à un corral et qu'il était venu frapper en hurlant de colère. La raison, je ne m'en souviens plus ; mais la rage et les cris, je ne les ai jamais oubliés. L'homme avait cassé sa cravache très vite sur les flancs de l'animal, alors il avait pris un bâton. Le cheval se jetait de gauche à droite, tentait de se cabrer à la corde trop courte, poussait désespérément les barrières en bois. Il fumait de sueur. Je me rappelle le bruit rauque de ses naseaux dilatés par la peur. Le bâton s'abattait toujours dans des bruits mats, rythmés par les cris de fureur qui s'essoufflaient et ne s'atténuaient pas. Au bout d'un moment le cheval avait cessé d'essayer d'esquiver les coups. Il se tenait là sans bouger, comme recroquevillé, sursautant de moins en moins à chaque impact. Parce qu'il n'y avait rien à faire.

Joshua m'a frappé à la nuque alors que je me protégeais de Basile, qui s'était armé de la pince à feu. Je suis tombé et j'ai mis les bras autour de ma tête sous les coups de fer et de bois.

Moi aussi j'ai attendu que cela passe. Je me suis évanoui bien avant la fin, je crois.

Une semaine, c'est ce que m'a dit Luc. Moi je ne me suis rendu compte de rien. À moitié comateux, le visage en sang et le corps tuméfié, je me réveillais parfois en clignant douloureusement des paupières. Même la cave familière me semblait inconnue, lointaine ; il me fallait plusieurs instants pour m'y retrouver. Luc me parlait peut-être, je cherchais une position moins pénible.

Le noir à nouveau.

Je me souviens tout juste que Joshua venait me faire boire ici et là. J'avalais quelques gorgées et l'eau me coulait dans le cou et sur la poitrine. Joshua monologuait à voix basse.

— Pourquoi tu as fait ça, pourquoi tu es parti ? Tu n'es pas bien ici ? Tu as un toit, tu manges. Tu travailles mais tu ne te soucies de rien d'autre. Il y a un tas de gens qui voudraient être à ta place, tu sais. Tu as merdé, le chien. Maintenant Basile n'a plus confiance. Ça ne va pas être facile, ta vie, et je vais avoir du mal à t'arranger un bout de viande ou une couverture.

Il continuait à se lamenter tandis que je sombrais dans l'inconscience. Je ne sais pas s'il restait longtemps. La souffrance m'irradiait avec une intensité intolérable. Pour la première fois ou presque, quand j'étais lucide, j'appelais la mort de toutes mes forces.

*

Jamais je n'ai passé une main sur un corps aussi abîmé que le mien quand j'ai eu commencé à retrouver mes esprits, des jours plus tard. Mon visage était maculé de sang séché, qui m'avait coulé dans le cou. Les os de mes jambes et de mes bras étaient grêlés de bosses et de trous ; j'avais si mal que j'ai été longtemps persuadé d'avoir de multiples fractures. Pourtant rien ne semblait cassé, sauf peut-être mon nez, qui m'infligeait une douleur continue. Mais je ne voyais pas comment vérifier. Le reste de mon corps n'était qu'une lamentation, un lambeau tout juste vivant. De jour en jour j'ai regardé bleuir puis jaunir ma peau couverte de marques de coups. On aurait dit un clown entièrement maquillé pour un spectacle étrange. J'ai enlevé le chiffon sur la blessure de mon bras, que ces salopards n'avaient pas touché. Le tissu était collé à la plaie. Je tremblais de fièvre. J'ai perdu conscience plusieurs fois, encore.

C'est cette plaie noire que Joshua regardait quand j'ai ouvert les yeux un jour. On devait être en début de soirée, la lumière déclinait par le soupirail et l'ampoule de la cave était allumée. Joshua a vu que j'étais réveillé et il a dit :

— C'est pas beau.

Il a appelé Basile et j'ai arraché une plainte à ma gorge tuméfiée. Malgré la souffrance, quand le vieux s'est approché de moi, je me suis reculé autant que j'ai pu contre le mur. Il a passé le fusil à Joshua.

— Bien, a-t-il grincé à mon intention. T'iras pas plus loin, comme ça.

Il a observé la blessure et j'ai poussé un cri quand il a touché mon bras. Il a nettoyé avec un bout de chiffon mouillé qu'il avait apporté et j'ai essayé de l'en empêcher tellement ça faisait mal.

— Bouge pas, salopiaud.

Il s'est relevé et il a tendu le chiffon à Joshua. Il m'a menacé du doigt avec un petit sourire.

— Fallait courir plus vite, hein. Allez, fais voir.

À moitié encastré dans le mur, je l'ai regardé avancer et se pencher sur mon bras. Il a plissé le nez, peut-être à cause de l'odeur. Ou alors c'était salement abîmé. Il s'est tourné vers Joshua sans rien dire, avec l'air de réfléchir, et il a fait un signe pour me désigner.

— Remonte-le, il a dit. Il va perdre son bras.

Mon état était tel que je ne pouvais pas me redresser d'un coup ; mais au fond de mes entrailles je suis certain que l'effet a été le même. J'ai ouvert des yeux exorbités et j'ai bafouillé :

— Quoi ?

Basile a grimpé l'escalier et n'a pas répondu, laissant à Joshua le soin de me lancer la clé pour que j'ouvre mon cadenas.

— Attends, j'ai bredouillé, qu'est-ce qu'il a dit ?

Joshua a haussé les épaules en m'ordonnant de monter à la cuisine. J'étais prêt à croire qu'ils appelleraient un médecin, un rebouteux, n'importe quel sorcier de leur entourage pour me soigner. C'est vrai que mon bras puait la gangrène. Mais je ne voulais pas *le perdre*. Alors j'ai précédé Joshua dans l'escalier et je me suis accroché à la rampe pour arriver à monter les neuf marches. Dans la cuisine, Basile était déjà devant le fourneau. Il me tournait le dos.

— Assieds-toi, il a dit en me montrant une grosse chaise en bois.

Je me suis laissé tomber sur le siège. Il a fait un geste à Joshua qui a commencé à m'attacher au dossier et j'ai sursauté, déjà mort de trouille. Mais je n'ai pas protesté ; j'ai seulement senti des fourmillements dans mon dos. Joshua m'entourait méthodiquement avec une longue corde sale.

— Qu'est-ce que vous faites ?

En guise de réponse, Basile a pris une bouteille et s'est planté devant moi.

— Cette blessure, faut la désinfecter. Comme on ne va pas t'emmener au toubib, tu comprends bien, on va s'arranger comme on peut mais ça va faire mal. Alors je te conseille de boire un coup d'abord.

Paniqué, je l'ai regardé et j'ai vu dans ses yeux que c'était vrai, il allait me charcuter maison.

— Attendez, j'ai bafouillé, qu'est-ce que vous allez faire ?

— Je te l'ai dit. On va nettoyer.

Il a approché la bouteille et j'ai ouvert la bouche, terrifié mais certain qu'il ne mentait pas. C'était fort et j'ai toussé tout de suite. Basile a attendu et il a recommencé. J'ai bu plusieurs gorgées, la gorge arrachée par l'alcool. Quand j'ai voulu tourner la tête, Basile m'a attrapé par les cheveux et m'a obligé à continuer à boire. Il en coulait partout ; il a réussi à m'en faire ingurgiter une quantité effroyable. Il a jeté la bouteille par terre en s'essuyant le front. Je faisais un effort pour ne pas vomir.

— On va attendre un peu, il a dit.

Il a resserré mes liens et après de longues minutes j'ai senti la sueur me dégouliner partout. C'était la peur bien sûr, et l'alcool, alors que je n'avais à peu près rien mangé depuis des jours. Un peu après, j'ai commencé à dodeliner de la tête et les vieux se sont approchés. Basile m'a donné une gifle sans que je réagisse. J'ai juste entendu ma voix traînante qui le traitait de salaud, sans conviction.

J'ai réussi à relever la tête pour les surveiller. Je voyais flou, ça ne servait à rien, j'ai même commencé à rire. Basile a fait un signe à Joshua, qui a pris la casserole sur le fourneau et l'a apportée. Si j'avais été lucide j'aurais demandé ce que c'était, seulement mon esprit flottait curieusement dans la cuisine et seuls quelques sons incompréhensibles ont fait tourner la tête à Joshua. *T'inquiète pas*, il a dit. *Ça va faire mal mais après ça ira*. Et là, même attaché et ivre mort, j'ai senti à nouveau que j'avais peur et que je ne pouvais rien faire. La pièce tournait à me donner des nausées ; ma conscience s'égarait.

Heureusement.

Quand Basile a versé l'huile bouillante sur mon bras, j'ai poussé un tel mugissement que j'ai aperçu Joshua qui reculait dans la pièce. Complètement réveillé, j'ai voulu m'enfuir, j'ai renversé la chaise et je suis tombé sur le dos. Basile s'est baissé en même temps et a répandu la fin de l'huile sur la plaie.

Je me suis évanoui.

Il fait quasiment nuit dans la cave ; seule une vague lumière gris et jaune de lever du jour s'infiltre par le soupirail. Cela doit faire des heures que j'ai perdu connaissance. En ouvrant des yeux collés par des croûtes de pus séché, je sens aussitôt la brûlure sur mon bras. Je tourne la tête pour essayer d'échapper à cette épouvantable odeur de chair grillée, tressaillant lorsque je reconnais, par en dessous, celle de la plaie infectée, suave et repoussante. *Faites que ce ne soit qu'une impression.* Je serai incapable de supporter une autre séance de ce genre.

Je ne sais pas comment les vieux m'ont redescendu là. Sans doute en me poussant par terre et en me faisant rouler dans l'escalier, ces chacals. À vrai dire je ne suis pas à un bleu ou même une fracture près. La douleur de mon bras annihile toutes les autres ; de l'épaule au coude, la peau est à vif, brûlée par l'huile. L'endroit où la balle a traversé est ouvert comme un cratère noir.

Un relent d'alcool me fait souvenir de ce que j'ai avalé et je retiens un hoquet. Je me redresse un peu sur la planche, appelant Luc. Il met longtemps à réagir.

— Théo, dit-il d'une voix blanche.

Quelque chose m'alerte, me faisant monter au ventre une angoisse fulgurante. Je murmure :

— Quoi.

Je remarque d'un coup sa respiration horrible, éteinte. Il ne répond pas.

— Luc ?

— Oui.

— Qu'est-ce qui se passe ?

Il attend un moment avant de reprendre. Sa voix me donne l'impression de s'étouffer peu à peu.

— Ils m'ont obligé à te ramener dans la cave. C'est pas ta faute.

Je l'ai à peine entendu. Je me lève à demi, ignorant mon corps de vieillard.

— Qu'est-ce que tu racontes ?

— Ma jambe. Elle a lâché. Si tu voyais. C'est horrible.

— Luc, est-ce que tu peux t'asseoir et m'expliquer ?

Il me répond dans un sanglot.

— T'étais trop lourd. Je vais crever.

Comme pour faire écho à ses derniers mots, il se met à gémir et à tousser sans pouvoir s'arrêter. J'entends horrifié ses tentatives avortées pour se taire ; cela ressemble à des étouffements, à des cris d'animal. *Calme-toi, calme-toi !* je dis sans pouvoir couvrir ses gémissements. Je finis par me boucher les oreilles pour échapper à ce bruit insupportable.

— Respire, merde, tu vas t'étouffer !

Mais il ne bouge pas. Il est là, allongé sur la planche, raidi, immobile. Il n'y a plus que le sifflement de sa respiration, ses plaintes qui ressemblent aux miaulements d'un chat malade. Il dit entre deux souffles :

— J'ai mal.

C'est la première fois. Souvent je l'ai vu grimacer, et même pleurer en silence. Mais jamais il ne s'est plaint.

Alors j'ai hurlé.

J'ai gueulé pour appeler les vieux, aussi fort que je pouvais. Ils dormaient sûrement, ils étaient peut-être dehors, mais j'ai braillé sans discontinuer, debout au bout de ma chaîne, insensible même à mon bras en feu. Je ne sais pas ce que j'espérais mais je ne me suis arrêté chaque fois que pour reprendre mon souffle. Personne ne venait et j'ai attrapé le seau à côté de ma planche. Il était vide et j'ai commencé à le cogner comme un fou contre le mur en continuant à appeler à tue-tête, désespéré. Le son résonnait à m'en faire mal, c'était impossible que les vieux n'entendent pas ; ou sinon, ils le faisaient exprès. J'ai continué, encore et encore.

Surtout, je ne voulais pas réentendre la voix à moitié morte de Luc.

Je ne voulais pas l'entendre pleurer. J'avais trop peur de ses hurlements retenus.

Luc était vivant.

Vivant, putain !

Et puis la porte s'est ouverte et Basile est entré.

— Un médecin, j'ai hurlé. Un médecin ! Vous ne pouvez pas le laisser comme ça !

Basile a descendu l'escalier à petits pas et s'est approché de Luc. Je continuais à crier au fond de la cave.

— Vous ne pouvez rien faire, il faut un médecin ! Appelez le Samu !

Aveuglé et assourdi par mes propres hurlements, j'ai défoncé le seau contre le mur et j'ai perdu le fil. Parce que je le savais bien au fond, qu'ils n'appelleraient personne. J'ai vomi des tonnes d'insultes et de menaces aux deux vieux, je leur ai promis des tortures que je ne pourrais jamais leur faire, et même l'enfer qui les attendait, sans aucun doute possible.

Et puis je me suis tu, haletant. Adossé au mur et essayant de reprendre haleine, j'ai regardé les vieux qui regardaient Luc. Joshua était arrivé avec une bassine d'eau qu'il avait posée par terre. Il y avait une certaine hésitation dans leur façon de se tenir le long de la planche devant le corps immobile. Basile avait repoussé la couverture. Quand il a posé la main sur sa jambe, Luc a littéralement hurlé. Au milieu de ses paroles incohérentes, je l'ai entendu les supplier :

— Ça va aller. Je vais aller travailler. Ça va aller, je peux travailler. Hein ?

De ma place je le voyais trembler de tout son corps. Il s'est tu lui aussi. Il continuait à geindre par sursauts.

Et d'un coup, Joshua a murmuré :

— Il est foutu, hein ?

Basile n'a pas eu le temps de réagir que j'ai répondu dans un beuglement :

— Non ! Non, il n'est pas foutu !

Mais c'était comme si je n'existais pas. Les vieux continuaient à observer Luc, les mains sur les hanches. Au bout d'un moment, Basile a dit en détachant les mots :

— Ouais. C'est la fin.

— Qu'est-ce qu'on fait ? a demandé Joshua.

— Non, a crié Luc en pleurant, laissez-moi un peu de temps, ça va aller !

Basile a soupiré et a craché par terre. Il lui a fait un signe de tête. Joshua a monté l'escalier et il est revenu avec le fusil.

Je me suis redressé d'un bond.

— Vous êtes malades ? Vous faites quoi, là ? Bon Dieu, vous n'allez pas l'achever ?

Joshua s'est tourné vers moi avec un air méchant.

— Il est fichu, je te dis !

Je me suis mis à hurler. Luc avait compris depuis longtemps et il a voulu se relever, poussant un cri de douleur épouvantable. Basile a regardé Joshua. Il a dit :

— T'es prêt ?

— Non ! j'ai rugi. Non, Joshua ! Joshua *s'il te plaît* !

Luc gesticulait comme un fou, les jambes paralysées, empêchant les vieux de s'approcher de lui avec des gestes de bras désespérés. Je l'entendais hurler : *Faites pas ça ! Faites pas ça !* et je beuglais derrière lui.

Basile a fini par attraper les mains de Luc et il les a tordues au-dessus de sa tête. Je l'ai entendu dire :

— Allez.

J'ai ouvert la bouche, terrifié.

— Nooon !

Le fusil a claqué.

*

La détonation a vibré plusieurs secondes dans la cave. Il n'y avait plus aucun bruit, qu'une sorte de silence assourdissant. Nous regardions tous Luc.

Lentement, Basile lui a lâché les mains. Elles ont glissé le long de la couchette et je me suis mis à sangloter.

— Tu crois qu'il est mort ? a demandé Joshua.

Basile a poussé Luc du pied.

— Je pense bien. Il ne bouge plus et il a un sacré trou dans la tête.

Je me suis bouché les oreilles sans pouvoir m'arrêter de pleurer. Des fous. Voilà ce qu'était la vie humaine pour eux : rien. Moins qu'une balle de fusil.

— On va l'enterrer, a dit Basile au bout d'un moment.

— Attendez !

Ils m'ont regardé cette fois.

— Peut-être qu'il n'est pas mort. Vous ne pouvez pas faire ça. L'enterrer vivant.

Basile a haussé les épaules.

— Y a pas plus mort.

Je me suis remis à sangloter.

— Mais peut-être pas.

Ils m'ont tourné le dos. Basile a dit encore : *Allez*, et j'ai vu le corps de Luc rouler sur la planche, basculer dans le trou qu'il avait creusé lui-même. Basile a pris deux pelles en bas de l'escalier et en a tendu une à Joshua. Ils ont recouvert le corps en ahanant. Cela a pris du temps parce que le trou était profond, et qu'ils se fatiguaient vite. Au bout d'un moment je me suis assis sur ma planche, les jambes repliées. Il n'y avait plus rien à faire. J'ai refermé mes coudes autour de ma tête et j'ai murmuré une excuse pour Luc, d'avoir fini de le bousiller, de m'être enfui et d'avoir tout raté puisque nous en étions là.

Quand ils ont eu fini, Joshua est allé chercher une petite bougie. Il l'a allumée et il l'a posée sur la terre.

— C'était une bonne bête, il a dit. Je l'aimais bien.

Pour la première fois, ils m'ont jeté un coup d'œil. Le visage ruisselant de larmes, j'ai supplié :

— Me laissez pas là.

Ils ont gardé le silence sans me quitter des yeux. Finalement, Basile s'est tourné vers Joshua.

— Faudra qu'il fende le bois, aujourd'hui. On a perdu du temps.

TROIS

Nous sommes en mai 2002, je crois.

Sur le mur, il manque quelques traits : les jours où j'ai été trop malade ou trop blessé pour les tracer. Cela a dû arriver dix ou vingt fois. Peut-être plus. J'ai ajouté les bâtons que je supposais manquants, après coup. Approximativement donc, nous sommes en mai 2002. Cela pourrait aussi bien être juin.

Douze lignes que je suis là. Douze mois.

Putain d'anniversaire.

*

Après ma tentative manquée d'évasion et la mort de Luc l'automne dernier, j'ai baissé les bras. Je me suis rendu. C'est ce que voulaient les vieux ; ils l'ont eu.

Nous savons dorénavant, et eux et moi, que je ne chercherai plus à m'enfuir. Tout ce qui m'est arrivé depuis que je suis ici a brisé ce qu'il y avait en moi de force, de volonté et de liberté. Les petits espoirs que j'ai eus deux ou trois fois ont été fracassés.

Chaque matin ma tête s'éveille vide et blanche, comme s'il n'y avait plus rien en moi. Jamais le lien entre le corps et l'esprit ne m'était apparu avec autant de force, jamais je n'aurais cru qu'il suffisait d'anéantir le premier pour que le second s'éteigne lui aussi.

Pour moi, la force mentale primait sur tout, il suffisait de vouloir ; tout cela est bon à jeter aux oubliettes. Quand on n'a plus la force de rien, qu'est-ce qui peut encore nous sauver ? J'ai rarement le temps de me pencher sur la question, soit que les vieux reviennent me mettre au travail, soit que je m'endorme, épuisé chaque jour.

Épuisé dès le réveil.

Tous mes gestes sont devenus mécaniques pour économiser mes forces. Même mes regards sont rares. D'ailleurs, qui regarderais-je, et quoi ? Les vieux dans leur forêt verte et humide, l'horizon de brouillard arrêté sur un fusil ? Je lève à peine les paupières. La terre m'attire d'une façon indéfinissable, peut-être parce que c'est la seule certitude que j'ai : qu'un jour, j'y retournerai.

Mais les vieux ne m'ont pas encore obligé à creuser de trou pour moi.

Sans doute qu'ils me trouvent en bonne forme.

Je n'ai pas ri depuis un an.

Et pourtant décembre a été magnifique. Malgré ma situation, je n'ai pas pu m'empêcher d'admirer ce paysage glacé. Je venais de finir de couper le bois, de le fendre et je l'avais quasiment empilé près de la remise pour l'hiver suivant. La semaine d'après, il s'est mis à neiger. Pendant deux jours, sous des températures trop douces pour la saison, j'ai eu l'affreuse impression d'un cloaque qui allait durer des mois ; et puis un matin, le soleil brillait sur la neige.

Elle n'a pas fondu pendant presque quinze bâtons. De tout ce temps, le ciel est resté d'un bleu azur. Il faisait froid et Joshua m'a passé une polaire de plus, que j'ai gardée les nuits dans la cave où rien n'arrivait à me réchauffer. Mais la journée, j'observais les cristaux sur les arbres, sur les barrières, sur les herbes. Certains matins, le soleil se levait dans une telle lumière que je devais me protéger les yeux pour ne pas pleurer.

Le deuxième ou le troisième jour, alors que Joshua montait la garde à mes côtés, il a dit : *C'est beau.* J'ai tourné la tête, interloqué. Il regardait le ciel, il me semble, ou le givre qui tombait des arbres comme une pluie d'étoiles. Moi aussi je trouvais ça beau, mais je ne l'aurais jamais admis devant lui ; je me suis demandé pourquoi il essayait de partager ça avec moi. Ses émotions, ses fascinations, je n'en voulais pas. Nous n'avions rien en commun. Il attendait peut-être que j'acquiesce, et je me suis tu. Mais peut-être aussi qu'il ne le disait pas pour moi, au fond.

Le soir, en crevant de froid dans la cave, j'y ai repensé. Depuis combien de temps quelqu'un s'était adressé à moi autrement que pour me donner un ordre ? Depuis la mort de Luc. J'ai regardé sa planche vide en soupirant. Nos pauvres causeries des nuits et des jours trop pluvieux me manquaient. Dans le vide affectif qui béait en moi, la petite phrase de Joshua me torturait. Je me la repassais en boucle, essayant de me rappeler sur quel ton exact il l'avait dite ; s'il souriait ou non ; s'il m'avait regardé, s'il attendait une réponse, s'il me tendait une main timide. J'en arrivais toujours à la même conclusion dérangeante : ainsi, il était capable de sensibilité.

J'ai continué à rapporter le bois depuis la parcelle jusqu'au hangar en glissant sur le sol blanc et gelé derrière la vieille brouette. Au plus doux de la journée, Joshua disait qu'il faisait un degré. Le paysage semblait immuable. J'étais persuadé que cela tiendrait jusqu'au printemps.

Basile rationnait Joshua pour le poêle à bois. Il râlait que c'était trop tôt en saison pour le faire tourner nuit et jour, qu'ils manqueraient si on chargeait le poêle comme ça et que le temps ne se radoucisse pas d'ici avril ou mai. Parfois il allait rechercher une bûche avec les pinces au fond des braises, en engueulant Joshua qui faisait mine de ne pas l'entendre. J'étais bien content que Joshua soit frileux ; maigre comme je l'étais et souvent affamé, j'avais constamment froid moi aussi. Lors de la pause déjeuner, attaché au radiateur inutile, j'allongeais mes jambes contre le poêle pour les réchauffer. Dès que j'avais fini de manger, je ramenais mes bras autour de moi pour créer un peu de chaleur, en évitant soigneusement de toucher ma brûlure. Il me semblait qu'elle ne guérirait jamais : la peau était devenue blanche, suppurant un épais liquide verdâtre que je nettoyais comme je pouvais. La chair était encore à vif par endroits et, quand je me cognais, la douleur m'irradiait.

L'après-midi je ressortais en frissonnant. Après un quart d'heure à couper ou fendre du bois, j'enlevais la polaire, puis mon pull. J'étais maintenant autorisé à emporter une bouteille d'eau, qui gelait en surface.

Le jour où la température a remonté et que la neige s'est mise à fondre sous le crachin glacé, j'ai regardé avec un pincement au cœur la boue grise dégouliner dans les chemins. Lorsque l'herbe est reparue, elle avait perdu sa couleur, brûlée par la neige. Il restait des sentiers bruns et détrempés, des champs jaunes. Le ciel avait la même teinte mouillée.

*

Quatre mois d'hiver désolés, à surveiller les éclaircies dans le ciel et à prier pour que le miracle de décembre recommence. Quatre mois à se réveiller presque un jour sur deux avec le bruit de la pluie résonnant par le soupirail. Les autres jours, le vent du nord arrive à traverser cette barrière d'arbres, de buissons et de ronces que je croyais infranchissable.

Il est difficile, pour un homme habitué aux lumières des villes, de découvrir qu'une telle morosité existe. Ici rien ne déroge au rythme de la nature, en dehors des trois ampoules tremblotantes qui nous permettent de nous voir au-delà de dix-sept heures entre décembre et février. Le changement d'heure de fin septembre et de fin mars, les vieux ne connaissent pas ; l'horloge reste obstinément calée sur la même cadence et je ne sais pas s'il s'agit de l'heure d'hiver ou d'été. Cela ne fait guère de différence dans notre vie.

Je pense parfois à ce que nous aurions pu faire ces soirs noirs et glacés si nous étions dans une grande ville ou même simplement un bourg de province. Une balade sous les réverbères, un concert de jazz, un restaurant, un cinéma, que sais-je. Au lieu de quoi nous nous terrons dans une maison grise et humide sans télévision, sans radio et sans téléphone.

Des soirées trop longues : la promiscuité nous hérisse. Et ça boit sec depuis le début de l'hiver, pour passer le temps ou pour oublier qu'il a plu aujourd'hui et qu'il pleuvra demain. Les vieux se plaignent. Et moi, muré dans un silence usé, que devrais-je dire ! Désormais je suis le seul à rentrer trempé comme une soupe chaque jour. On m'a donné un imperméable déchiré sur les flancs. Je sens la pluie se glisser à l'intérieur et couler sur mes hanches.

À mesure que les jours ont raccourci, que la température a chuté et que le ciel est resté obstinément gris, les vieux ont augmenté leur consommation d'alcool. Parce que le temps est trop long dans cette maison sombre, que la pluie nous ramène toujours entre ces quatre murs humides. Parce qu'on s'emmerde ! Même moi il m'est arrivé de tourner en rond dans la cave, certains jours où j'ai été dispensé de travailler.

Les vieux boivent, racontent n'importe quoi, s'endorment à moitié. Attaché au radiateur, je les regarde. Leurs heures passent dans cette sorte d'état second tandis que les miennes s'égrènent avec une lenteur insupportable. Parfois quand ils rient, leurs voix et leurs intonations me rappellent la visite de Mme Mignon. Ça ne rate jamais : les poils hérissés sur les bras, je me replie sous la table.

Au départ, quand les vieux ont débouché leurs dernières bouteilles de goutte, ils ont ignoré avec mépris mes regards suppliants. Fin septembre j'ai écrasé des pommes dans huit tonneaux de bois et l'odeur entêtante de la distillation m'a ramené souvent dans la remise. Je voulais jeter un œil ; fallait que ça *bouille*. Au fond, je venais chercher ce parfum trop fort qui me mettait l'eau à la bouche, et je ne m'en lassais pas.

Il a gelé fort en janvier et le froid a surpris ma carcasse efflanquée. Je suis rentré un soir sans pouvoir rouvrir mes mains qui étaient restées fermées sur la hache tout l'après-midi, tapant des pieds et tremblant comme une vieille bête.

— Il va claquer si ça continue, a dit Joshua.

Basile a pris la petite casserole qui sert en général à faire réchauffer le café et il a versé de l'eau. Quand elle a été chaude, il l'a mélangée à une sacrée dose de goutte et il m'a tendu le bol. C'était la première fois que j'y avais droit, la première fois qu'ils me prenaient en considération depuis bien longtemps. Je me suis mis à laper le liquide par petits coups, trop heureux de le tenir entre mes mains gelées et trop impatient pour attendre qu'il refroidisse. J'ai fini le bol alors que l'alcool me brûlait encore la gorge. Je fermais les yeux d'ivresse et de bonheur. Basile m'a fait une remarque que je n'ai pas comprise et j'ai éclaté de rire, entraînant les cris de joie de Joshua. Pendant quelques minutes j'ai ricané bêtement sans pouvoir m'arrêter, dodelinant de la tête et sûrement pas beau à voir. Joshua m'encourageait et riait aussi, frappant son verre sur la table pour que Basile le resserve. Il renversait de la goutte, se penchait sur la toile cirée pour la lécher à son tour et gloussait en me montrant du doigt ; je me sentais presque bien.

Et puis tout à coup, la fatigue aidant, je me suis calmé. Le rire l'a cédé à un épuisement sans nom et j'ai demandé à regagner la cave pour dormir. Les vieux m'ont regardé de travers : d'habitude j'essayais de rester le plus longtemps possible à me réchauffer contre le poêle. Après quelques secondes, Joshua s'est marré en disant : *Il est bourré, le chien.* J'ai hoché la tête en pouffant. Il m'a raccompagné à ma planche et tandis que je cadenassais mon poignet, il a dit : *C'était bien, hein ?*

Alors maintenant, moi aussi je bois.

Certains matins les verres des vieux sont encore sur la table quand ils me remontent pour le café. De l'alcool répandu brille sur la toile cirée. Parfois il y a deux bouteilles vides couchées côte à côte, et je sais que les vieux attendent de m'avoir redescendu le soir pour boire à qui mieux mieux. Là ça ne se prive pas, la crapule. Quand c'est pour sa gueule, ça s'en met un litre derrière la cravate en braillant des insultes que j'entends même du bas de ma cave. Je guette leurs éclats de voix et je sursaute chaque fois que quelque chose tombe au sol, une chaise je suppose, mais cela pourrait tout aussi bien être l'un d'eux. Je ne sais jamais comment finissent ces disputes d'alcooliques, mais ce sont les seuls moments où Joshua ose s'attraper avec Basile. J'y ai assisté une fois, à ce ton cinglant qui monte et explose en quelques dizaines de secondes entre les deux frères, chancelants et dressés comme de vieux coqs. C'est parti de rien, Joshua avait renversé son verre et Basile lui a mis une gifle sur la tête en l'agonissant d'injures. En temps normal Joshua aurait couiné et ça en serait resté là ; mais il s'est rebiffé et j'ai vu la lueur mauvaise dans ses yeux quand il a craché au visage de Basile. Ils se sont agrippés et ils ont failli tomber, se rattrapant de justesse à la table. *Salaud ! Salaud !* hurlait Joshua en boucle. Quand Basile a pris la bouteille vide et la lui a brisée sur le crâne, j'ai crié aussi. *Il est encore là, celui-là*, a grondé Basile en prenant le fusil et en ouvrant les menottes. *Dégage.*

J'ai aidé Joshua à s'adosser au mur. Il gesticulait par terre, tellement ivre et tellement raide qu'il était incapable de se relever. Il m'a fait penser aux hannetons qui, une fois renversés sur le dos, s'agitent sans pouvoir se retourner et finissent par s'asphyxier tout seuls.

— Dégage ! a gueulé Basile. J'le redirai pas !

Je me suis jeté sur la porte et j'ai descendu l'escalier de la cave sans un mot. J'ai jeté un œil à Joshua au moment où je l'enjambais pour passer. Il m'a semblé qu'il souriait vaguement. De ce jour, quand Basile fait une crise, nous échangeons un regard peureux et entendu. Parfois cela me rappelle Max, qui m'effrayait lorsque enfants nous nous battions et qu'il gagnait toujours.

Mais il est bien loin ce temps-là.

Je reconnais les lendemains de beuverie quand, en montant dans la cuisine, j'y découvre Basile attablé et tête basse. Ces jours-là, j'allume le fourneau pour faire chauffer le café sans qu'il semble prendre conscience de ma présence. Je mets le pain au four pour le ramollir, je pose les tasses et le sucre sur la table. Quand le café est passé, ou que celui de la veille est réchauffé s'il en reste, je sers toujours Basile en premier. Avant ce café, il est inutile et même dangereux de lui adresser la parole. Joshua, à l'autre bout de la table, est muet, le fusil posé sur les genoux.

Au plus fort de l'hiver, j'ai trouvé les vieux dans cet état presque chaque matin. J'ai pensé plusieurs fois qu'avec la marge de manœuvre que j'ai aujourd'hui, je pourrais leur jeter la casserole de café bouillant au visage. Mais je ne sais pas si je pourrais leur arracher à temps le fusil des mains et les maîtriser tous les deux, éloignés l'un de l'autre qu'ils se tiennent. Chacun à une extrémité de la table. Alors j'ai oublié l'idée, parce que quelque chose me tient toujours et encore aux tripes : survivre. Je m'en veux terriblement de cette obsession. Survivre ici, ça ne veut rien dire. Ça signifie simplement que je vais mourir à petit feu en travaillant comme un damné pour deux tarés qui me jetteront dans un trou et qui me recouvriront de terre humide quand mon heure aura sonné. Je ne suis pas sûr que ce soit ça, survivre. Ou au contraire, c'est là que le mot prend tout son sens. Juste un petit peu plus que vivre, et encore, je ne sais pas de quoi est fait ce petit peu.

Réchapper à cette situation aberrante chaque jour. Et l'un de ces jours viendra où j'y resterai.

J'aurai fini de survivre.

Inutile de se bercer d'illusions, au bout du compte il n'y a que la mort. La chance ? J'ai arrêté d'y croire il y a longtemps. Et malgré ses sourires, Joshua est peut-être le pire des deux.

Il n'y a pas de perspective, pas d'espoir.

Même plus celui de m'enfuir.

Vraiment, ils ont bien joué ces fumiers. Bon Dieu, ils nc sont que deux pourtant.

Si je n'étais pas dans cette situation désespérée, les empoignades des vieux me distrairaient sans doute. Leurs reproches mutuels aussi, pendant ces longs rituels où ils se jettent au visage des rancœurs vieilles de cinquante ou soixante ans et où j'apprends tout de leur vie, qu'ils étalent sans pudeur et sans honte.

Si je n'étais pas aussi replié sur mon corps douloureux, je rirais de leurs mensonges éhontés, de leurs approximations et de leurs convictions effarantes.

Si mon esprit n'était pas accablé par la vacuité de mon existence, j'essaierais de mémoriser leurs disputes pour en faire un jour un livre plus sombre et plus cruel que tout ce que j'ai eu l'occasion de lire jusqu'ici. Je dirais des choses dont on pense d'ordinaire qu'elles n'arrivent que dans les films. J'expliquerais comment chaque nouvelle découverte de leur dépravation finit par me sembler normale. Comment, à la visite de l'Éric qui m'a retrouvé lors de mon évasion manquée, ils ont ri en se rappelant la façon dont celui-ci les avait surpris un jour à peloter leur sœur, quand ils avaient douze ou quatorze ans ; comment, pour ne pas se faire dénoncer, ils l'avaient alors associé à leurs tripotages et, très vite, à des choses bien plus horribles. Embrumés d'alcool, les trois gars gloussaient en se grattant l'entrejambe au souvenir des bons moments qu'ils avaient partagés ces années-là. Joshua avait beau brailler qu'il avait toujours été lésé par rapport aux deux autres, tout le monde continuait à boire en y allant de son anecdote et de son souvenir le plus dégueulasse. Parfois moi-même, quand la fatigue ne m'accable pas trop, je me délecte de certaines de leurs histoires sordides. J'ai arrêté de lutter contre ma propre déchéance. Et oublié la moindre idée de révolte.

Pourtant je sais que je ne suis pas complètement foutu quand la bile me remonte au ventre et qu'à mon tour je crie un peu. Merde, moi aussi je veux ma dose d'alcool pour tenir le coup, ou la vieille couverture de Luc pour avoir moins froid la nuit. Cela ne dure jamais bien longtemps, c'est trop dangereux et trop usant. Mais d'une certaine façon, ces petites mutineries nous rappellent à tous les trois que je fais partie de la maisonnée. Qu'il faut me prendre en compte. De mon côté, je crois parfois deviner les traces de la discorde que je voudrais instiller entre Basile et Joshua ; ce sont les seuls rares moments où quelque chose frémit encore en moi. Et d'instinct, je prends le parti de Joshua.

Joshua qui m'insupporte pourtant, et dont les petits actes d'autorité me rendent fou, quand je range le bois et qu'il dit avec ce geste d'alignement :

— Refais.

Quand il montre le balai dans la cuisine et qu'il lâche :

— Nettoie.

Alors je refais et je nettoie, ravalant ma fureur, jetant les bûches avec humeur et jouant de la brosse en heurtant tous les coins de murs, la table et les chaises. Hier, alors que je passais le balai avec des marmonnements exaspérés, il a protesté :

— Je suis gentil avec toi. Tu pourrais faire un effort.

Je me suis retourné, rageur.

— Gentil *de quoi* ? j'ai aboyé. T'as vu ma vie de merde ? Tu veux qu'on échange ?

Et puis je me suis tu parce que Basile entrait dans la pièce, cherchant sur nos visages ce qui venait de se passer. Sans doute qu'il m'avait entendu hausser le ton. Je n'ai rien dit et Joshua s'est renfrogné, muré dans un vilain silence. Ça se voyait d'ici qu'il ne me passerait rien à manger pendant au moins deux jours. Sur l'instant, ça m'a paru insignifiant. J'ai fini de balayer vite fait, j'ai ramassé la poussière dans la pelle et je l'ai balancée dans le poêle. Les vieux m'ont attaché au radiateur et je les ai regardés d'un air méchant. C'était risible bien sûr. Tandis que je les voyais bouffer à grand bruit leur viande et leurs patates, j'ai commencé à me dire que j'avais été idiot. Ce sursaut de fierté, j'allais le payer cher alors que Joshua avait mis des semaines avant de me redonner des petits riens à manger en cachette, après ma fugue. Cette nourriture, j'en avais besoin pour tenir le coup.

Basile m'a regardé, et puis il a regardé Joshua.

— Tu ne lui donnes rien, il a constaté.

Joshua a craché un petit soupir.

— J'ai pas envie.

Basile l'a observé quelques instants, je crois avec un peu de réprobation, comme quand on néglige de s'occuper d'une bestiole dont on a besoin. Un cheval de trait, une vache. Un âne, que sais-je. Joshua ne l'a pas remarqué – ou alors il a fait semblant. Basile a fini par me jeter un morceau de viande et une grosse pomme de terre. *C'est fête,* je me suis dit en léchant le jus qui dégoulinait entre mes doigts. Sans plus faire attention aux vieux, j'ai dévoré mon dîner en faisant autant de bruit qu'eux. Je n'avais pas mangé de viande depuis des jours ; Joshua n'ose presque jamais m'en balancer devant Basile.

Mais Basile, lui, a tous les droits.

Alors j'ai déchiré le morceau de poule et j'ai bâfré comme si les vieux allaient me l'enlever. Je pensais à l'enclos et à ces volailles que je croise tous les jours en rêvant de les rôtir, que parfois je me retiens de chasser à mains nues, parce que cela ne servirait à rien. Et puis les vieux les connaissent toutes, les comptant chaque matin et les appelant par leur couleur. La jaune avec les points sur la tête, la noire avec le cul blanc, la marron avec une patte cassée. Faudrait voir à pas manger la blanche à taches brunes, qui est la meilleure pondeuse.

Au tout début de l'hiver, ils ont rassemblé une trentaine de poules de l'année dans la petite remise. Joshua a apporté un billot, une hache de boucher, et ils les ont tuées.

Joshua les coinçait avec un grand râteau à herbe et les attrapait, puis les tendait à Basile qui les plaquait sur le billot et leur tranchait la tête. Il les lâchait aussitôt pour décapiter la suivante, et la poule sans tête courait un mètre ou deux avant de tomber sur le côté. Dans l'enclos c'était la cacophonie, une panique sans nom. C'était pathétique de voir ces poules courir en tous sens et essayer de s'envoler au milieu de caquètements aigus, se cogner les unes aux autres et tomber, retomber. Se faire attraper enfin. Je n'avais jamais eu de sympathie pour elles mais la situation me les rendait presque émouvantes. Je n'ai pas regardé tout le temps.

Les trente y sont passées.

Un peu plus loin, les pondeuses, le coq et quelques poules trop jeunes ou trop maigres nous jetaient des coups d'œil inquiets en poussant des petits cris.

Basile a entassé les poules mortes sur la brouette et les a emmenées près de la maison pour les ébouillanter et les plumer. J'y ai eu droit, à ça. Mais ça ne me gênait pas trop. En l'état, ça ne ressemblait plus vraiment à des poules.

Joshua a ramassé les trente têtes et les a mises dans un sac. Il a dit : *Ça donnera du goût au bouillon.*

Après avoir nettoyé l'os de poulet à l'en user, je m'essuie les mains sur mon pantalon informe, je bois quelques gorgées de ma bouteille d'eau et je contemple le sol en attendant que les vieux me descendent à la cave pour la nuit. J'essaie de faire des réserves de chaleur près du poêle.

Joshua lorgne vers moi en douce. Je vois bien qu'il cherche mon regard mais je l'ignore. Ce soir, c'est Basile le roi. Sûr que la viande, Joshua n'en jette pas souvent, il n'a pas les couilles. Il le sait parfaitement et ça le met de mauvaise humeur. Je croise son regard, une fraction de seconde, et je tourne la tête d'un air blasé. Je l'entends bougonner et lâcher d'un coup :

— Je préférais celui d'avant.

Je relève la tête en fronçant les sourcils tandis que Basile s'arrête une seconde de mâcher, hausse les épaules. Joshua insiste en me montrant d'un petit signe de tête.

— Je l'aime pas, celui-là.

Vieux con, je murmure tout bas.

Si je lui disais ce que je pense, moi. Je profite de ce que Basile termine de manger, le nez bas sur son assiette, pour jeter des regards mauvais à Joshua. Je sais qu'il déteste ça. Mais il n'avait qu'à pas être désobligeant, aussi. Il s'agite sur sa chaise, mal à l'aise. Il n'est pas si différent de moi, Joshua, il aimerait bien qu'on l'aime. Seulement dans cette situation, il peut toujours courir. J'ose un petit sourire en coin. Il se lève d'un coup, vient vers moi. Il crie :

— Arrête ça !

— Hé, s'interpose Basile.

Joshua me montre du doigt.

— Il m'énerve !

— Reviens à ta place, ordonne le vieux.

Il se rassied en pleurnichant, triturant un morceau de pain du bout des doigts. Je vois ses jambes qui battent nerveusement la mesure sous la table.

— J'en veux un autre.

— C'est ridicule, dit Basile.

Il se lève, prend le fusil et m'emmène lui-même à la cave. Je l'entends marmonner pendant que je cadenasse mon poignet.

— Joue pas au con, chien. Ça pourrait mal finir entre nous. Tu ne travailles pas si mal, au bout du compte.

Je ne réponds rien. À Basile, cela fait des mois que je ne réponds plus rien, même pas merci. Il a la main trop leste.

Quand ce n'est que la main.

Alors je baisse un peu la tête en signe d'acquiescement et je ne bouge plus. J'attends qu'il ait remonté l'escalier et fermé la porte de la cave derrière lui pour respirer tranquillement.

J'ai oublié ma bouteille d'eau là-haut.

En dehors des quelques jours de neige, l'hiver a été d'une tristesse absolue. Les jours ont tellement raccourci qu'en janvier et février, il a fallu attendre parfois jusqu'à huit heures et demie le matin pour y voir quelque chose dehors. Les vieux ont pris l'habitude de venir me chercher plus tard à la cave et j'ai eu froid de plus en plus longtemps. Cette fois, quand j'ai demandé une couverture en plus, je ne l'ai pas eue : il n'y en avait plus. J'ai eu beau dire que j'allais en crever, ils n'ont pas bougé. Et je me suis rendu compte étonné que je ne tombais pas malade.

J'étais juste abominablement sale.

En hiver, il faut être fou pour mendier un quart d'heure à la nuit tombée afin de se rincer au lavoir. Mais j'ai fini par le faire. La crasse me collait au corps comme une seconde peau. Et surtout, je sentais effroyablement mauvais. Autant, en été, j'étais torse nu et je lavais vite fait ma chemise déchirée qui séchait en quelques heures, autant je m'emmitouflais l'hiver dans mes couches de pulls de plus en plus crasseuses et je transpirais abondamment.

Les vieux ne m'ont pas proposé une bassine d'eau dans la maison, comme je les avais vus faire de temps en temps. Ils ont allumé la loupiote dehors et Joshua s'est assis sur une chaise avec le fusil, enroulé dans une couverture de laine. De là, il voyait suffisamment le petit lavoir.

Au moment où j'ai trempé la main dans l'eau glacée, je me suis dit que j'allais renoncer à cette idée stupide. L'instant d'après, l'odeur est montée depuis mes dessous-de-bras et d'accord, il fallait que je le fasse, il n'y avait pas à tortiller ; le poêle me réchaufferait après, cela me ferait du bien, et j'ai enlevé mes trois pulls et la polaire d'un coup. Dieu que c'était froid – je sautillais sur place en claquant des dents. Après j'ai baissé mon pantalon et mes chaussettes en faisant de mon mieux avec la chaîne, et je me suis lavé comme j'ai pu. Le petit vent du nord a eu raison de mon acharnement : j'ai enfilé ma chemise et remis mon pantalon, pris le reste sous le bras et j'ai couru vers la maison en criant que j'avais fini, pour ne pas surprendre Joshua. Je me suis jeté contre le poêle et les vieux m'ont laissé faire sans rien dire.

Le lendemain j'ai proposé de faire une grande lessive, s'ils me laissaient aussi laver mes vêtements. Je les avais vus ici et là étendre quelques slips et des chaussettes, des maillots de corps ; mais le reste, jamais. Dieu merci, je sentais suffisamment mauvais moi-même pour ne pas être gêné par leur odeur. Certains slips avaient des trous, les maillots étaient presque transparents d'usure. Nous vivions comme des clochards.

Les vieux ont dit oui.

Je n'ai pas regardé la couleur de l'eau quand j'ai commencé par leurs fringues, qui puaient presque autant que les miennes. Ils ne se lavaient pas beaucoup plus que moi, ces salauds-là, et ils ne m'avaient même pas autorisé à allumer le fourneau pour faire chauffer l'eau : il a fallu que je remplisse la grande bassine posée sur le poêle et que j'attende.

J'ai jeté leurs affaires dehors, dans la poubelle la plus propre que j'aie trouvée. Joshua m'a tendu un petit godet de lessive et j'ai versé l'eau très chaude sur l'ensemble. Au début j'ai touillé avec un bâton pour enlever le plus gros de la crasse, et j'ai dû changer l'eau tellement elle était sale. Joshua me surveillait. Basile était sorti. J'avais des hoquets écœurés quand je respirais au-dessus de la bassine et que j'imaginais ce que cela pouvait être. L'odeur de pisse planait autour de la poubelle. Malgré tout, le contact de l'eau chaude sur mes mains me semblait délicieux.

Après deux rinçages j'ai essoré les vêtements pour les étendre sur des vieux fils rouillés dans un recoin de la cuisine. Malgré le temps que cela prenait, j'ai mis de l'eau propre pour mes fringues et, après une hésitation, j'ai dit à Joshua qu'il fallait que je me déshabille entièrement pour les laver, vu que tout ce que j'avais, c'était ce que je portais. Il a froncé les sourcils. Ça réfléchissait sec.

Au bout d'un moment, il m'a dit d'ouvrir la grande armoire au fond du cellier et de prendre un pantalon et un pull en attendant. J'ai fait l'impasse sur le caleçon qui me paraissait trop hasardeux, mais j'ai aussi trouvé un tee-shirt et des chaussettes, le tout trop grand pour les vieux. D'où cela venait, je préférais ne pas trop le savoir. Les vêtements sentaient le moisi mais ils étaient souples et propres à côté de ce que je portais jusque-là.

J'ai dit :

— Faut m'enlever les chaînes pour que je puisse défaire mon pantalon.

Et là, j'ai bien senti que ça plantait.

— On verra. Pose déjà le reste, a ordonné Joshua en jetant des coups d'œil furtifs dehors pour voir si Basile revenait.

J'ai compris qu'il attendrait son retour, je voyais qu'il se sentait coincé et que la trouille le prenait déjà. Alors, malgré mon envie de l'insulter parce que c'est quand même lui qui tenait le fusil, j'ai fait ce que j'entreprenais depuis plusieurs semaines quand j'en avais la force, ce que Luc m'avait toujours dit de faire et que j'avais mis trop de temps à admettre : travailler Joshua au corps. Je pouvais en penser tout ce que je voulais, l'âme sensible, c'était lui.

— Merci, j'ai dit. C'est gentil.

Voilà, c'était tout. Je n'allais pas tenter de lui mettre un coup de pied dans le ventre en l'absence de Basile. La seule force qui me restait, c'était la ruse. Même pour ça je manquais d'énergie, mais j'ai décidé de tenter le coup sur le long terme. Je me suis juré de ne pas me presser. Je jouais ma dernière carte ; au point où j'en étais, elle pouvait durer des mois. Ce joker, ça venait de Max. Pendant des mois, les vieux avaient vécu autour de moi sans que l'idée me vienne. Peut-être qu'il fallait que toute résistance me quitte pour que j'y pense enfin : ce que je voyais entre Basile et Joshua ressemblait au lien terrible et destructeur qu'il y avait eu entre Max et moi.

Max, c'était Basile. Son autorité sans limites, son égoïsme, sa mauvaiseté, tout concordait. Pour Joshua, la situation était un peu plus compliquée ; tout du moins, c'est ce que je me disais pour ne pas m'assimiler entièrement à ce vieillard geignard et tordu. Au fond il n'y avait sans doute pas de quoi faire dans la nuance. Nous étions l'un et l'autre faibles et rancuniers. Et je rageais en me rendant compte que je quémandais l'attention de ce vieux salaud comme un clebs.

Pourtant il n'y avait pas de quoi l'aimer, Joshua. Ce drôle de type écrasé par son frère avait reporté sur moi ses élans de domination. Mais de manière invraisemblable, je comprenais. Je me souvenais des raclées que me mettait Max, des épouvantables frustrations qui me chiffonnaient les entrailles quand il me laissait et que je me relevais en saignant du nez. J'avais un ami à l'école, *mon meilleur ami*, un petit blond gentil à qui je racontais tout ; après ces bagarres douloureuses, je le frappais systématiquement. Tout était prétexte à m'embrouiller avec lui, un stylo perdu, un sourire, une bousculade involontaire. Je cognais à mon tour.

Aussi terrible que cela paraisse, j'étais convaincu que Joshua et moi étions de la même veine : celle des cadets et des victimes.

Pour un temps. Il n'y avait qu'à voir ce qui était arrivé à Max.

Basile a fini par rentrer et Joshua lui a expliqué qu'il fallait m'enlever les chaînes. Lui aussi a tiqué. Il a pris le fusil et s'est posté à quelques mètres de nous, le canon braqué sur moi.

— D'accord, il a dit finalement. Enlève.

Le vieux a ouvert un tiroir de la commode et a pris une clé qu'il m'a jetée. Pour la première fois depuis mon arrivée, j'ai déverrouillé les bracelets en fer autour de mes chevilles. La peau était rongée par les arêtes du métal, violet et noir sur le tour de mes pieds. Je pouvais à peine les toucher. Ignorant les vieux, je me suis déshabillé complètement et j'ai passé vite fait le pantalon presque propre. Il était trop grand et j'ai fait un revers à la ceinture. J'ai roulé le mien en boule et je l'ai lancé avec mon caleçon dans la bassine en remuant méchamment, un bon moment. Ma chemise était si usée que je ne l'ai pas essorée trop fort, certain que sinon elle se déchirerait complètement.

Le linge a mis deux jours à sécher, malgré la chaleur du poêle.

*

Il arrive, lorsque le temps est trop mauvais, que les vieux ne me fassent pas travailler. La compassion ne les a pas atteints d'un coup. Simplement ils n'ont pas envie de devoir me surveiller, dehors eux aussi, dans la bruine par deux ou trois degrés.

Si je n'étais pas aussi épuisé, je m'ennuierais à mourir pendant ces jours d'inactivité. Parfois, les vieux me laissent à la cave. Le matin, Joshua me descend une tasse de café et un morceau de pain en disant : *Il fait maussade aujourd'hui*. C'est une sorte de code qui signifie que je vais rester là jusqu'au lendemain. Je ne revois Joshua que le soir avec une maigre assiette : pas travaillé, pas besoin de manger. Je passe la journée dans cette semi-obscurité humide, ravi au départ de pouvoir dormir. Je m'effondre la matinée entière, exténué. Mais la vieille couverture qui me sert de matelas rend la position inconfortable. Je me retourne dans tous les sens, le dos, les hanches, la tête courbatus. Assis, j'ai l'impression que les os vont finir par me transpercer la peau. Debout, je fatigue. Alors j'alterne. Couché sur le dos, sur le côté, assis, debout. Couché sur le dos, sur le côté, assis… Je tiens, à mon avis, près d'une demi-heure par cycle.

C'est long, une journée découpée en demi-heures douloureuses. Mais le repos est si rare.

D'autres fois, Joshua descend le matin les mains vides, me tend la clé et me fait signe de monter avec lui. J'ai le droit de rester avec les vieux si je ne fais pas un bruit. Ils m'ont mis une couverture par terre. Toujours collé au radiateur froid, les pieds cherchant le poêle, je prends mon café et mon pain dans un silence religieux, mastiquant en même temps que Basile, que je ne quitte pas des yeux. Ces heures dans une pièce chauffée me sont précieuses ; je surveille tout pour ne pas perdre cet avantage, jusqu'au bruit de ma gorge lorsque je déglutis. Le moindre de mes mouvements est calqué sur ceux de Basile. Impossible de différencier la résonance de nos coups de dents et de nos gorgées avec ce mimétisme dans lequel je finis par exceller.

Quand Basile s'interrompt pour dire quelque chose à Joshua, je m'arrête aussitôt de manger. Nous reprenons de concert un peu après.

Quand Basile boit, je bois. Quand il mâche, je mâche.

Les vieux passent ces journées-là à jouer aux cartes sans conviction. Le matin, cette activité ne s'arrête que lorsque Joshua décide de préparer le déjeuner. Il me jette un coup d'œil et je me lève pour l'aider. J'épluche les pommes de terre, je les coupe en morceaux. Il m'arrive de laver quelques autres légumes quand nous en trouvons des oubliés et glacés dans le potager inerte. Je ne tranche jamais le lard car il faudrait me laisser un couteau affûté.

Aux cartes, les vieux font des batailles. Basile triche. Je l'ai vu plusieurs fois. Quand le tas est gros et qu'il retourne du bout de l'ongle sa prochaine carte, si elle est trop faible, il en tire deux, bien ajustées l'une sur l'autre. Pour se donner une chance de plus. Il n'y a rien à gagner, rien à perdre, que la partie. L'enjeu lui suffit.

Il sait que je sais qu'il triche. Il m'a vu le regarder.

L'après-midi ils s'affalent pour la sieste dans les fauteuils éventrés. Je les entends ronfler. Si je n'arrive pas à dormir, le corps moulu par le sol trop dur malgré la mauvaise couverture, je m'adosse au mur et je contemple le paysage par la fenêtre. Dans ce pays il peut pleuvoir cinq, dix jours d'affilée sans mollir. Pas de la grosse pluie orageuse, mais un crachin fin et régulier capable de s'infiltrer dans n'importe quel imperméable.

Je m'en fous, je n'en ai pas, d'imperméable. Celui qui était fendu sur le côté a rendu l'âme il y a bien longtemps.

Quand les vieux me poussent dehors pour refaire la réserve de bois, je ne garde que ma chemise et un pull. Je les enlève en rentrant trempé et je mets les autres pulls qui me semblent chauds et moelleux. Cette blague.

Après deux jours d'un mauvais temps exécrable, nous commençons à tourner en rond. Les regards deviennent gris comme la pluie qui ne s'arrête pas. Les vieux promènent sur moi leurs yeux voilés par la cataracte, boudeurs. Quand ils se lamentent sur ce temps de chien, c'est moi qu'ils accusent. Et qu'est-ce que j'y peux !

Moi aussi je finis par m'ennuyer.

Alors ils jouent aux dames, aux dominos et au jeu de l'oie, en boucle, inlassablement. Ils s'engueulent à la fin de chaque partie en se reprochant l'un l'autre d'avoir triché, soit que les dés n'aient pas vraiment roulé, soit qu'ils aient un peu poussé une pièce sur le damier pour en manger une autre. Parfois Joshua, qui est le plus mauvais joueur des deux, balaie d'un grand geste la table de tous ses dominos. Les soirées s'achèvent, moroses, vers vingt heures trente. Il fait nuit depuis plus de trois heures. Il n'y a que moi qui aie faim. Souvent ils me disent de faire du pain perdu. C'est facile : le pain est toujours rassis, ici. Je casse un œuf dans un bol et j'ajoute la poudre de lait délayée dans de l'eau avant de plonger les tartines de pain dedans. Il faut moins de cinq minutes pour que ça chauffe à la poêle, avec un peu de sucre.

Je mange toujours par terre, les tartines dans la main.

Je n'ai pas tenu une assiette depuis mon arrivée.

Bande de salopards.

*

Les vieux lisent de vieux journaux empilés au fond de la salle à gauche. J'en ai ramassé un une fois, pour passer le temps. C'était *France-Dimanche*, un truc que je n'aurais jamais ouvert, *avant*.

Il était daté du 6 septembre 1998.

Comme je ne me souvenais pas de ce qui s'était passé ce jour-là, je l'ai lu aussi.

Les arbres sont noirs et nus en hiver. Il y a des moments où je me dis qu'ils n'auront plus jamais de feuilles. Le regard qu'on porte sur eux est irrémédiablement triste et je ne sais pas dans quelle mesure ce regard les anéantit, sur l'instant.

Les arbres font des signes avec leurs bras dépouillés. Le vent mugit en leur passant entre les branches comme une main impudique.

Noël a dû filer sans que je m'en rende vraiment compte. Car rien n'a changé ici bien sûr. Pas de sapin dans la maison, pas de dîner un peu plus élaboré, pas de papier cadeau, pas même un mot qui aurait évoqué les fêtes.

Noël, ça n'existe pas.

Cela me rappelle les années où le père allait mal, chez nous. Il partait travailler avant que nous ne soyons levés, Max et moi, et il rentrait quand nous étions couchés depuis longtemps. Quand il ne travaillait pas, soit il couchait avec des filles plus jeunes que lui, soit il faisait la gueule. À Noël et aux anniversaires, rien. Pas l'ombre d'un frémissement. La première année j'ai pleuré, et Max m'a mis un coup de coude en me disant que nous n'étions pas des gonzesses. Après j'ai toujours eu un pincement au cœur mais j'aurais préféré crever plutôt que de l'avouer. Quand nous avons eu seize ou dix-sept ans, le père a trouvé une femme stable et s'est à nouveau aperçu que nous existions. Mais c'était trop tard. Ses cadeaux, ses sourires surfaits, il pouvait se les foutre au cul. Nous avions passé l'âge. À part pour le faire cracher au bassinet, nous n'avions plus besoin de lui. L'année suivante, Max a quitté la maison.

Est-ce que les vieux ont des souvenirs semblables aux miens ?

Je les regarde qui marmonnent dans leurs fauteuils et je finis par penser qu'ils ne savent peut-être même plus ce qu'est Noël. Je suis incapable d'imaginer qu'ils aient pu vivre normalement un jour, même au temps où ils travaillaient pour la commune.

*

Imperceptiblement, les jours se sont mis à rallonger. Quand il pleut, le bénéfice est nul. Mais quand le soleil se montre, je rentre un peu moins tôt du travail. Au départ, cela s'est compté à coups de cinq minutes. Et puis d'un quart d'heure. En février, un soir magnifique, je suis resté à retourner le potager jusqu'à six heures moins vingt ; j'ai regardé la pendule en rentrant dans la cuisine.

*

À cette période aussi, j'ai hersé leur saloperie d'immense potager. Ils me l'avaient fait retourner en janvier : trois jours à bêcher et à remettre les mottes de terre tête en bas, l'herbe enfouie pour pourrir et faire de l'engrais.

Quelques semaines plus tard, Joshua m'a amené devant la grange et il a enlevé un vieux drap qui recouvrait une machine. Un outil en ferraille rouillée, des grandes dents recourbées et, au bout, une chaîne. Un truc qui avait l'air lourd avant même d'y toucher. Je n'ai pas bougé, pas réagi, comme toujours. Les choses arrivant tôt ou tard, je ne vais pas les chercher. J'ai fermé les yeux pendant que Joshua repliait le drap n'importe comment. Mon corps s'est habitué à profiter de chaque seconde qui passe sans travailler pour récupérer des forces minables. Je baisse les paupières un instant, parfois cinq ou six, d'autres fois plus encore. J'ai l'impression de descendre dans les limbes du monde. Plus d'une fois j'ai vacillé. Mais cet abandon total, trop court, me redonne une étincelle d'énergie. Je retrouve le goût de tenir le coup, une journée encore. Une matinée. Une heure. J'ai arrêté de compter les moments où j'ai pensé que j'allais tomber pour ne plus me relever.

C'est la voix de Joshua qui m'a fait rouvrir les yeux.

— Faut faire le potager, il a dit.

Je n'avais jamais vu un outil comme ça.

— Avec ça ?

— Tu le traînes derrière toi. Ça emmène la herse et ça casse les mottes. Pour finir faudra passer le râteau.

— Tu veux que je tire ce truc ?

— Avant on attelait le cheval, dit Joshua sans me regarder.

Il se perd dans la contemplation des collines, dans la brume compacte au fond du vallon. On ne voit émerger pour l'instant que les plus hautes cimes. Nous sommes sortis il n'y a pas longtemps et nos corps sont encore engourdis par la chaleur du poêle ; je ne sens même pas le froid. J'ai fermé les yeux à nouveau.

Joshua reprend d'une voix basse et pleine de regrets, je l'écoute à peine.

— Mais ça fait un bail qu'il est mort.

Je ne bouge pas. Ma tête est descendue au fond de mon ventre, lourde.

— C'était un auxois, continue le vieux. Ça casse pas trois pattes à un canard, un auxois, c'est pas les plus beaux. Mais il était gentil, et solide. Il s'appelait Mouton.

Les gens qui sont un peu attentifs à la planète, les convaincus du développement durable ou tout simplement les radins des poubelles ont l'habitude d'écraser sur elles-mêmes les bouteilles en plastique une fois qu'elles sont vides. Ce n'est pas au bruit que ça fait que je pense, mais au résultat : une bouteille comme un accordéon, qui doit faire le tiers de sa hauteur initiale. C'est à ça que je ressemble à l'intérieur. Un empilement de hauteurs écrabouillées. C'est ainsi que je me ressens, oui.

À côté de moi, Joshua reprend :

— C'est idiot, Mouton, pour un cheval.

Il me tend la chaîne et je la prends machinalement.

— C'est pas moi qui l'avais appelé comme ça.

— Je m'en doute, Joshua.

Son regard s'éclaire.

— Oui, hein ? J'aurais trouvé mieux.

— Sûr que t'aurais trouvé mieux.

— Éclair. Ou Bandit. Ou encore Hercule.

— Voilà.

Joshua se met à rire, à petits coups aigus. Encore une fois j'essaie d'évaluer l'impact que j'ai sur lui en fraternisant comme ça, quand nous ne sommes que tous les deux. C'est ce que je fais depuis plusieurs semaines. Mais je ne sais pas s'il y a un résultat possible au bout avec ce vieux dingue.

— Alors en avant, Hercule, sourit Joshua en prenant le fusil.

Je le regarde de travers, perplexe.

— Va, mon beau !

Et là je vois qu'il ne plaisante pas. Il y a dans ses yeux cet éclat un peu étrange que j'ai repéré souvent, un signe discret d'innocence, ou de folie. Je penche évidemment pour la deuxième solution. Je sais que dans ces moments-là Joshua peut basculer du meilleur au pire en quelques fractions de seconde ; il suffit d'une erreur, d'une contrariété. Alors je tire sur la chaîne, effaré par le poids de l'outil. À cet instant je n'imagine pas pouvoir herser le potager, même en plusieurs jours. Même une ligne me semble impossible.

Mais il y a tellement de choses que je n'imaginais pas pouvoir faire.

Et l'autre malade qui me regarde avec un air ravi. Il crie en agitant le bras comme s'il tenait un fouet, *Yaha* !

*

Et j'ai tiré ce putain de truc pendant six jours. J'ai eu les épaules démontées de mettre les mains derrière le dos pour tenir la chaîne, et de m'arc-bouter pour avancer. Avancer, vraiment ! Le matin, sur le sol gelé, les dents de la herse grinçaient sans entrer dans la terre. Il a fallu près de deux heures pour que Basile accepte que je fasse autre chose. Tant que c'était Joshua qui me surveillait, il n'y a pas eu moyen de lui faire entendre raison. Je crois qu'il était heureux de revoir un cheval dans le potager. Je dis ça sans rire – je n'ai pas le cœur à ça. Ce foutu dingue était persuadé d'avoir un cheval à la herse, comme d'autres fois il était persuadé que j'étais un chien. C'est dans ces moments-là que je doute pouvoir l'atteindre un jour. Il est bien trop givré.

Basile est arrivé, il a vu la terre jonchée de mottes trop dures et il a décidé que je ne herserais que les après-midi, au dégel. C'est pour ça que j'ai mis autant de temps.

Je regardais les sillons que j'avais faits, et l'espace qui restait à labourer. Ça me donnait une sorte de vertige mais j'avais le temps. Même si j'avais mis dix jours, les vieux n'auraient pas dit grand-chose de plus que les insultes qu'ils me jetaient ici et là.

J'ai essayé de tirer la herse à reculons, pour changer de mouvement, mais elle était trop lourde. Le seul moyen que j'aie trouvé pour me stimuler, c'est de regarder mes pieds, qui étaient toujours un peu en avance sur moi. Pour finir le potager, il fallait que je les rattrape. Aucune chance, bien sûr. Mais ça me donnait un but. Une raison d'avancer d'un pas chaque fois, une raison débile certes, mais une raison quand même. La plupart du temps, j'avançais de la longueur d'un pied.

Ça fait vraiment des petits pas.

La herse me tirait en arrière quand elle se bloquait dans une motte de terre ou un caillou. Pas une pierre, hein. Rien qu'un pauvre caillou gros comme le poing. Au début je braillais en injuriant les vieux, leurs légumes et leurs sillons. Les patates dont j'avais marre au dernier degré à force d'en manger chaque jour ; les salades chétives ; les haricots bourrés de fils parce qu'ils les laissaient grossir pour qu'il y en ait plus lourd ; les tétragones écœurantes, cuites à l'eau, sans crème fraîche ni béchamel. Et ça allait recommencer cet été.

Au fil des heures, accroché sans cesse par les dents de la herse, je ne disais plus rien. Plus la force. Mon corps s'arrêtait, repartait légèrement en arrière sous le poids de la herse plantée ; je lâchais la chaîne et j'allais soulever les dents pour la décoincer. Et ça recommençait. Deux fois je me suis arrêté et je me suis assis sur la herse quelques instants, la sueur dégoulinant sur le front un après-midi glacé de février. La première fois, c'est Joshua qui me surveillait. Il s'est approché avec méfiance et je lui ai dit qu'il me fallait quelques minutes de repos. Ça l'a mis très mal à l'aise. Je crois qu'il avait peur que Basile n'apparaisse et se mette en colère. On aurait écopé tous les deux. Il va sans dire que moi, il s'en moquait éperdument. Il a sautillé autour de moi pendant tout le temps de cette courte pause, psalmodiant des reproches mêlés d'angoisse.

La deuxième fois, Basile a pris son fusil et il est venu jusqu'à moi.

— J'en peux plus, je lui ai dit. Faut me laisser souffler.

Il m'a regardé, il a regardé le potager, et il m'a contemplé à nouveau. Il a levé les yeux pour scruter le ciel, peut-être pour compter les heures qui restaient avant que la nuit ne tombe.

— Dix minutes.

Dix minutes, c'était plus que ce que Joshua avait toléré en me houspillant sans cesse la veille. J'ai acquiescé, je me suis emmitouflé autant que possible dans mes pulls et je me suis assis le dos contre la herse. J'ai fermé les yeux aussitôt, malgré le froid que j'ai senti monter le long de ma colonne vertébrale.

Je ne me donnais pas trente secondes pour m'endormir.

Aller puiser, encore, d'ultimes et minuscules ressources.

Basile est retourné s'asseoir sur le banc au bord du potager. Je ne l'ai même pas vu remettre quelques brindilles dans le brasero, et étendre ses mains au-dessus pour les réchauffer.

Fin mars, la neige est tombée une nouvelle fois pendant vingt-quatre heures. Une des dernières neiges de l'année. Enfin, c'est ce que nous espérions. Au début, ni les vieux ni moi ne nous sommes aperçus de rien. Tant que les toits sont couverts par cet épais manteau glacé, rien ne bouge.

Et puis deux jours après, alors que les vieux avaient fini de déjeuner et qu'ils s'installaient pour la sieste, que moi-même j'essayais de me rouler en boule par terre sur la couverture trop petite, j'ai entendu un très léger bruit. Basile a dressé l'oreille lui aussi. Il s'est levé et il a trouvé très vite que de l'eau gouttait par le plafond. Il est sorti.

Quand il est revenu, il avait son air contrarié, celui qui me rend muet en priant pour que cela passe.

— Le toit est ouvert, il a dit.

J'ai gardé la tête basse, le regard fixé sur le radiateur, buté dans mon silence. *Quoi*, a piaillé Joshua.

Il est de plus en plus nerveux, Joshua. Il boit de plus en plus aussi. Régulièrement, Basile lui enlève la bouteille des mains et je l'entends gueuler comme un porc qu'on égorge. C'est l'hiver qui a eu raison de lui : trop gris, trop long. Mais c'est aussi la mort de Luc. Depuis cinq mois j'ai vu Joshua se recroqueviller, se ratatiner tout doucement. Je n'avais pas fait le lien et puis un matin, en venant me chercher dans la cave, il s'est arrêté devant le trou de Luc. Il a ouvert les bras en signe d'impuissance, la tête baissée. Quand il les a laissés retomber, son soupir a figé la pièce. Il m'a regardé et il a lâché d'une toute petite voix : *Je l'aimais vraiment bien.* Il n'y avait rien à dire à ça bien sûr mais ça m'a fait un pincement au cœur. Moi aussi Luc me manquait, mais moi je ne l'avais pas buté de sang-froid. Et surtout je me rendais compte que Joshua ne m'aimait pas autant. Il ne s'en était jamais caché, mais je croyais que ça lui était passé. Je découvrais qu'il n'en était rien.

Alors depuis la mort de Luc, Joshua traîne comme une âme en peine. Et pourtant il en a vu d'autres. Mais c'était peut-être le coup de trop, et quelque chose s'est mis à déconner dans sa tête.

Parfois, prostré devant la couchette de Luc, il cligne des yeux en essayant d'immobiliser son épaule qui se lève compulsivement. Quand ça le prend, il ne peut plus s'arrêter de plusieurs minutes. Je l'entends gueuler *Mais ça va pas finir !* Après il se précipite comme il peut et je sais qu'il quémande une ration d'alcool à Basile qui refuse en beuglant, parce que leurs cris descendent jusqu'à moi.

Les vieux se sont empaillés plusieurs fois violemment : Joshua avait fini les bouteilles en douce. Le climat est souvent agressif entre eux et je n'y suis pas tout à fait étranger ; dès qu'un interstice se profile, je sème ce que je peux de jalousie du côté de Joshua. Depuis quelques semaines, quand nous échangeons quelques mots sur l'Éric, nous disons « l'autre salopard ». Parce qu'il a baisé la mère Mignon plus souvent qu'à son tour quand ils étaient mômes. J'ai bien vu que ça marchait à tous les coups : dès que j'en parle, Joshua a le regard étincelant et ses poings se serrent. *T'as raison*, il dit. *Quel putain d'enfant de salaud.* Je répète moi aussi : *Putain d'enfant de salaud.* Mais c'est à Joshua que je pense, avec son air chafouin.

— Je te dis que le toit est foutu, a braillé Basile.

Ça ne m'étonnait pas. Déjà à mon arrivée, à quelques endroits, les ardoises avaient glissé en laissant de larges fentes ouvertes dans le toit. Alors avec la neige. Il devait être aussi vieux que les vieux, ce toit. Peut-être plus. Je me suis dit : *Bien fait.* L'instant d'après, j'ai compris que ça allait être pour moi.

— Va chercher l'enveloppe, a dit Basile.

Joshua s'est exécuté. Quand il est revenu dans la pièce, j'ai reconnu l'enveloppe kraft dans laquelle il y avait l'argent en liquide que j'avais retiré à la banque avant d'être enfermé ici il y a dix ou onze mois. J'ai eu un mouvement, que j'ai retenu. C'est fou, cet argent je n'y avais jamais repensé depuis que j'étais là. Il était devenu risible. Et pourtant il y en avait, et un bon paquet, mais ici cela ne servait à rien. Sauf à eux.

Mme Mignon leur avait apporté ma voiture et mes affaires pour ne pas laisser de traces près de chez elle. Et ils avaient trouvé l'argent. J'étais presque content que ce ne soit pas cette vieille truie qui l'ait eu.

L'enveloppe a maigri. Basile a sorti ce qui restait et il a compté. Pas loin de quatre mille.

— On va dire à Rose d'acheter des ardoises pour réparer. Et des lattes.

Rien que d'entendre son nom, à la vieille, ça m'a donné la chair de poule. Pendant l'hiver je me suis habitué à ne plus la voir ; je l'ai occultée. Mais bien sûr qu'elle existe toujours.

— Elle montera pas, a dit Joshua.

— On verra bien.

— Je te dis qu'elle montera pas !

— Et alors ? Il les faut bien, ces saletés d'ardoises !

Joshua a retroussé les lèvres sur un rictus, comme un chien qui grognerait en silence. Il n'a rien dit mais j'ai remarqué la lueur méchante dans ses yeux, cette fois encore. Malgré moi, j'ai eu un frisson. J'ai beau prier le diable qu'il monte les deux vieux l'un contre l'autre un jour, ce regard, je ne suis pas certain d'avoir envie de le croiser. Et je ne jurerais pas pouvoir le contrôler.

Une semaine après, le temps s'est considérablement radouci sous un soleil qui allait durer près de dix jours. Les vieux m'ont fait rafistoler la vieille échelle avec ses barreaux de bois cassés.

— Et les ardoises ? j'ai dit.

— Elles arrivent.

J'ai eu tellement peur du retour de Mme Mignon que, le jour où j'ai entendu sa voiture se garer dans la cour, je n'ai pas eu de mal à simuler un malaise. Je me suis agenouillé et j'ai vomi de la bile en plein milieu de la cuisine, les mains enfoncées dans le ventre. Basile m'a mis un coup de pied en gueulant au moment où la vieille entrait.

— Saloperie, a-t-il crié en me redonnant un coup dans les côtes.

J'ai encaissé sans rien dire et je me suis courbé davantage sur le sol dans un bruit écœurant.

— Joshua ! a appelé Basile.

Il m'a jeté une serpillière en m'ordonnant de nettoyer et de sortir. Joshua m'a accompagné, le fusil à la main comme toujours. Mme Mignon m'a regardé passer avec un air dégoûté et elle a tourné la tête très vite. J'ai pensé : *Sauvé, sauvé.*

*

Alors il y a eu le toit.

Il y avait les ardoises. Les crochets. L'échelle, les lattes, tout.

Et le vertige.

Ça m'est arrivé d'un coup.

En montant les barreaux de l'échelle, j'ai commencé à hésiter, mal à l'aise. Une fois en haut, et Dieu sait qu'il n'est pas haut, ce fichu toit sans étage, j'ai été incapable d'enjamber l'échelle pour monter sur les ardoises. La tête me tournait et j'étais persuadé que j'allais tomber en arrière. Le sol tanguait comme un bateau sous la tempête. Avec les chaînes aux pieds, c'était impossible. Je me suis accroché à l'échelle et j'ai fermé les yeux.

— Qu'est-ce que tu fous ? a demandé Joshua d'en bas.

— Vertige.

— Tu te fiches de moi ? T'as vu à quelle hauteur tu es ?

J'ai essayé d'ouvrir les yeux pour me raisonner en regardant les deux mètres soixante, deux mètres quatre-vingts à tout casser, qui me séparaient du sol. La nausée m'a assailli et j'ai dû m'accroupir sur l'échelle, persuadé que j'allais la lâcher. Basile est arrivé et il a demandé ce qui se passait. Quand Joshua lui a eu expliqué, il a pris le fusil avec un sourire.

— J'ai un remède, il a dit. Infaillible.

J'ai écarquillé les yeux.

— Basile, je mens pas. Je peux pas bouger.

— Je suis sûr que si.

Il a épaulé et j'ai sursauté en entendant le coup de feu. À côté de moi, plusieurs ardoises ont explosé et j'ai reçu des petits éclats noirs dans le bras. Je suis monté sur le toit d'un bond. Basile se marrait mais son rire était couvert par celui hystérique de Joshua.

— Tu vois, il m'a dit, c'est pas dur.

Tout en le traitant de fils de pute dans un murmure inaudible, je me suis concentré sur les ardoises pour ne pas regarder le sol. Je suis sûr qu'il aime ça, le fusil, ce vieux salaud. Ça fait quatre fois qu'il me tire dessus depuis que je suis là. Ça fait beaucoup, pour un homme normal.

J'ai passé les jambes dans le premier trou que j'ai vu : il y avait le mur sous mes pieds. En nage, agrippé à une latte de bois à moitié pourrie, j'ai tenté un coup d'œil en bas, vraiment pas loin. Si j'avais été capable de bien me pencher j'aurais presque pu toucher la tête des vieux.

Basile a mis une gifle à Joshua pour le faire taire.

*

J'ai maudit les vieux, leur maison et leurs outils tout le temps que j'ai rafistolé ce toit pourri. La scie était si abîmée que je mettais un temps infini à couper chaque latte. Les clous étaient rouillés et tordus pour la plupart. Basile a dit que ça tenait mieux comme ça mais je suis sûr que c'est parce qu'il n'avait rien d'autre. J'ai cassé une dizaine d'ardoises en installant l'échelle de toit à divers endroits endommagés.

Ça faisait une drôle d'impression, des ardoises neuves et noires avec leurs crochets brillants au milieu de ce toit gris et moussu. On aurait dit des pansements sur les routes.

C'est la première fois que je touchais à un toit ; les crochets, les ardoises, j'ai vaguement compris comment on les mettait, mais là où j'en ai bavé, c'est pour le raccord entre les ardoises neuves et les anciennes. J'ai eu beau regarder, essayer de les glisser, de tordre les crochets, j'ai séché. Au fond je n'en avais rien à faire de ce toit ; mais je ne voulais pas qu'on me force à remonter quelques semaines plus tard s'il y avait des fuites. Alors j'ai continué à pousser les ardoises par en dessous, en butant chaque fois sur les crochets ou la latte d'au-dessus. Je n'ai jamais réussi à enquiller les neuves jusqu'au bout. Silence radio en descendant le soir : les vieux me demandaient si tout allait bien et je répondais : *Oui oui. Pas de problème.* J'ai calé tant bien que mal les ardoises en espérant qu'elles ne glisseraient pas trop vite, vu que rien ne les tenait que le poids de celles du dessus. D'en bas, si on faisait attention, on voyait bien qu'il manquait ces foutus crochets en haut de chaque trou réparé, parce que je n'avais pas pu non plus les accrocher. Mais les vieux ne s'en sont pas aperçus.

À la première pluie, j'ai surveillé le plafond avec inquiétude. Il n'y a pas eu de fuite. J'ai respiré plus tranquillement. Mais chaque fois qu'il pleuvrait maintenant, j'écouterais attentivement les bruits de la maison en croisant les doigts pour que les ardoises se collent lentement entre elles avec le temps, les poussières et la mousse.

Je ne me suis jamais habitué à la hauteur. Chaque matin, seule la pensée du fusil me faisait monter sur le toit, dégoulinant de sueur au bout de quelques minutes. Le plus fort, c'est qu'une ou deux fois la tête m'a tourné avant même que je grimpe à l'échelle.

Je me suis souvenu avoir regardé les ouvriers refaire la toiture de mes voisins, il y a longtemps. Je passais devant chaque jour en rentrant du travail, une maison bien plus haute que celle-là, plus grande. Les gars marchaient sur les lattes aussi tranquillement que s'ils étaient à terre, riant et bavardant. Ils se jetaient un paquet de cigarettes et fumaient en continuant à travailler, marteau à la main, se jetant des tuiles d'un bout à l'autre du toit. On aurait dit des chats.

En roulant au pas pour mieux les voir, je n'imaginais pas une seconde la prouesse que cela représenterait un jour pour moi. C'était normal que ces gars-là soient à l'aise sur les toits ; c'était leur boulot. Je regardais parce que cela me distrayait, pas parce que je les trouvais extraordinaires.

Ils se penchaient au bord du toit pour attraper un outil. Ils se laissaient glisser le long des échelles. Ils remontaient tranquillement, tronçonnaient les poutres depuis le haut d'un mur, maçonnaient les faîtières comme s'ils avaient fait un pâté de sable.

Lors des pauses, ils s'étendaient au soleil en se racontant des histoires de cul. J'entendais leurs rires.

Certains matins de beau temps, la lumière qui filtre par le soupirail de la cave est douce et orangée. Des particules de poussière s'y entremêlent dans une confusion totale. Dans ces moments-là, je rêve de pouvoir m'asseoir devant cette lumière et de me réchauffer le dos d'une infime chaleur. Adossé au soleil, à m'engourdir en étant presque bien. Les yeux à demi fermés, je me contente d'imaginer ce que cela pourrait être.

Parce que la chaîne est trop courte.

Au mieux, en tendant le bras, j'arrive à sentir cette douceur sur ma main, mais je ne peux pas rester longtemps le bras tendu comme ça.

Alors je le baisse et je recule dans mon coin d'ombre.

Quand je n'ai pas trop froid, les paupières baissées sur la lumière mordorée, j'essaie de me faire croire que ma vie n'est pas finie. Avec le printemps j'ai recommencé à penser à Lil : peut-être parce que la lumière est moins triste ; ou que la nature repart et que je la suis moi aussi, sans même y prêter attention. Je pense à Lil mais son visage s'est effacé peu à peu de ma mémoire et je lutte pour le reconstruire trait par trait. Cet oubli me rend malade. Il me faut redessiner sa silhouette dans ma tête, le reflet de ses mèches blondes, ses intonations ; et son visage flou. Je vois ses yeux, très précisément, rien que ses yeux. Dès que mon champ de vision s'élargit, Lil devient une forme confuse. À l'été, je veux pouvoir convoquer son image comme si je l'avais quittée la veille et je m'applique chaque jour à retrouver un détail, une anecdote qui ajoute à sa réalité.

J'ai été heureux avec elle et c'est le seul beau souvenir que je garde en moi. Mais cela ne sert à rien de revenir sur nos étreintes et nos tendresses, sur notre relation fusionnelle, entière, à fleur de peau. Je ne pense plus à nos éclats de rire, à nos regards, à nos corps ensemble. À son souffle et à nos nuits.

Je ne pense plus à tout cela.

Le visage de Max se forme derrière mes paupières et j'essaie de l'effacer. Je fais le noir, je mets des barrières. Rien n'y fait. Max, c'est la faute originelle. C'est à cause de lui si ma vie a tourné à l'enfer. S'il ne m'avait pas volé Lil cette nuit-là, si j'avais résisté à la pulsion meurtrière en le retrouvant, si je n'étais pas retourné le voir après la prison. Si je n'avais pas cru nécessaire de m'enfuir.

Ça me fait du bien de le désigner comme coupable. Je me sens exonéré de cette vie qui m'arrive. À cette heure, je pourrais prendre Lil dans mes bras chaque matin en l'embrassant. Quelques séquences de cette période magnifique se maintiennent dans ma mémoire tremblante. Le souvenir de la terrasse ombragée par les branches impossibles du vieux tilleul m'arrache une larme. Les yeux fermés, je la devine rouler le long de ma joue.

Ma peau est si rêche et si abîmée que je ne la sens même pas.

Je voudrais qu'elle laisse une grande cicatrice blanche en séchant.

Parfois le dimanche nous allions, Lil et moi, au bord du lac à la sortie de la ville. Nous en faisions le tour en nous racontant tant de choses que nous ne pensions même pas à le regarder. D'autres fois sa lumière, sa tranquillité limpide nous fascinaient et nous ne voyions que lui. Les cygnes et les canards traçaient des cercles concentriques à la surface de l'eau et nous les suivions des yeux, le cœur calme. Le sourire au bord de l'âme.

Nous nous tenions par la main. Je me souviens qu'au début cela m'avait ému et gêné en même temps. J'aimais cette tendresse mais j'en avais honte. Peut-être ressemblions-nous déjà à ces couples de vieux que nous croisions, tout ridés et fripés, et qui allaient lentement, raidis de douleurs et heureux d'être encore à deux. Cela ne me faisait pas envie.

Si j'avais connu la suite à l'époque, sans doute aurais-je signé immédiatement pour finir comme eux.

Mais ils me mettaient mal à l'aise et je retirais doucement ma main de celle de Lil. Elle la rattrapait en riant. Elle se moquait de moi. Je passais un bras autour de ses épaules et nous continuions en tanguant, enlacés et dansants.

Lil murmurait :

— Théo.

Et c'était tout. Elle n'avait rien à me dire.

Nous étions là ensemble.

Ces moments si simples qui m'auraient effrayé d'ennui à une autre période de ma vie, ou ailleurs, ces moments me rendaient fou de bonheur. Comme ceux où nous nous bousculions en riant, pour le plaisir de nous rattraper l'un à l'autre. Comme ceux où nous déjeunions à la terrasse d'un café, en plein soleil d'un mois de mai presque irréel.

Vert et bleu.

Les couleurs d'un si bel été passé ensemble.

Le lac épuisé de chaleur baissait de niveau et dégageait une odeur un peu âcre de marécage. Sur la berge nous avons trouvé un jour une grenouille desséchée. Lil l'a rejetée à l'eau et nous n'avons pas regardé si elle reprenait vie ou si elle coulait. Ou si elle flottait, pourquoi pas.

Je ne sais pas comment une grenouille peut mourir à quelques centimètres d'un lac. Mais peut-être était-ce le lac qui avait repoussé la grenouille morte. Peut-être ai-je pris le problème à l'envers, à l'époque.

La surface de l'eau était tapissée d'une pellicule de poussière ou de terre et les rares courants d'air dessinaient de longues spirales sales. Lil disait que tout disparaîtrait quand il pleuvrait.

Mais il ne pleuvait pas.

Même à l'ombre des grands arbres il faisait trop chaud. Nous attendions le soir pour sortir. Nous mettions une chemise à manches longues à cause des moustiques. Nous guettions le moment où la nuit prenait le dessus et nous donnait des frissons malgré la douceur persistante. Nous nous asseyions sur un banc et nous regardions les étoiles.

Parfois nous rentrions en courant, ivres de désir.

Nous roulions sur le lit comme de nouveaux amants.

Au petit matin je remontais le drap sur Lil et j'allais faire du café. Elle sc réveillait avec un sourire quand je lui apportais une tasse.

Si je me souviens aussi bien de cet été, c'est qu'il a été le dernier bel été de mon existence. Après, tout n'a été que chaos et désolation. Bien sûr j'ai recommencé à vivre et à rire, c'était joué d'avance. Mais ce n'était pas pareil. Cela n'a plus jamais été pareil. Pas une seule autre fois je n'ai pris la main d'une femme au bord d'un lac en disant doucement : *Et si on faisait un bébé ?*

Mais encore une fois vraiment cela ne sert à rien de revenir là-dessus.

Quand je rouvre les yeux et que je retrouve le rai de lumière du soupirail, la cave sombre et humide, je sais que cela n'existera plus.

Je sais que je suis perdu.

Parfois je me compare à un enfant kidnappé et acheminé vers un quelconque pays étranger, hostile et lointain, pour alimenter un réseau de drogue ou de prostitution. Déraciné, seul, humilié et usé.

Et sans espoir.

Parce que personne ne sait où nous sommes. Nous sommes les aiguilles dans la botte de foin.

On nous oublie lentement.

De cela, je suis sûr.

La seule chose qui me plairait dans ces moments-là, ce serait de dormir pour que le temps passe. Mais je ne sais pas à quoi sert le temps qui passe, pour moi.

À vieillir. À mourir.

Encore que je n'arrive même plus à l'espérer. De manière incompréhensible, obstinée, terrifiante, je veux continuer cette vie, la seule que j'aie à disposition.
M'acharner.

Il y a des moments où, sans raison, ce refrain me revient, que Lil chantonnait souvent.

Si elles s'en souviennent les vagues vous diront
Combien pour la Fanette j'ai chanté de chansons
Faut dire
Faut dire qu'elle était belle...

Les larmes aux yeux, je fredonne moi aussi, retrouvant quelques instants la tendresse de ma vie d'avant.
Ma voix est rauque et basse.
Mon cœur éclate.

Et j'ai fait des semis, par centaines.

J'ai planté le potager entier, par vagues. Qu'il a fallu arroser, sarcler, bêcher. Avec des milliards de mauvaises herbes à arracher.

Les soixante stères de bois, je les ai rangés près de la maison et j'ai déplacé ceux que j'avais coupés pour les mettre à l'abri sous la grange.

Une fois encore, il a fallu nettoyer le sentier abîmé par les pluies et creuser des rigoles pour que les pluies printanières ne ravinent pas trop la terre. Mais cette fois aucune ampoule n'est venue éclater sur mes mains crevassées. Ma peau est dure comme de la corne, que je gratte parfois pour en enlever de petits morceaux que je mâchonne du bout des dents.

J'ai pris une brassée d'orties à pleines mains, par une sorte de provocation désespérée et ridicule. Quelques picotements sur les doigts. Et puis rien. Je me suis senti fort. Sentiment risible, alors que mes forces déclinent peu à peu et que je travaille au rythme d'un vieillard.

Avec le mois d'avril aussi, Mme Mignon est revenue.

Elle m'a regardé en arrivant et j'ai su que ça allait recommencer. J'ai eu sans doute le même recul horrifié que ces gens violés, hommes ou femmes, quand leur ravisseur entre à nouveau dans la pièce où ils sont séquestrés, et qu'ils savent que les minutes à venir seront monstrueuses. Parce que, la première fois, on ne sait pas ce qui va se passer ; mais là. Là je n'en avais que trop l'idée et les images. Je me suis rencogné contre le radiateur. Ça a fait sourire Mme Mignon.

Après, traumatisé dans ma cave obscure, j'ai pensé que la vie était moche, définitivement moche. Je n'arrivais pas à me sortir les images de la tête. Cela fait partie des moments où j'aurais pu me foutre en l'air si j'en avais eu les moyens. Le pire, c'est que cela recommencerait. Je n'ai pas voulu compter combien de fois.

*

J'ai vu percer les premiers plants. Qu'il a fallu arroser eux aussi, et enlever les pissenlits et le plantain qui poussaient sur la terre noire du potager. Butter les pommes de terre. Désherber, encore et toujours, chaque jour.

Ce potager, je le haïssais et j'y passais ma vie. Quand les vieux me tournaient le dos, je pissais sur les plants pour les faire crever.

Nous avons continué à manger des patates à tous les repas. Aujourd'hui nous arrivons au bout des réserves et il reste au moins trois mois avant la nouvelle récolte. J'ai dû commencer à cuisiner les pommes de terre qui étaient abîmées et que nous avions laissées dans un coin du cagibi, et puis celles qui étaient molles, et celles qui avaient germé. Parfois j'ai le droit de les mélanger avec une carotte ou un morceau de potiron, ct d'en faire une sorte de purée grossière, qui oscille entre le jaune et l'orangé. Ça descend dans la gorge comme un bloc.

J'ai regardé passer lentement les jours, les semaines et les mois à nouveau.

Le plus souvent, sans la moindre émotion.

C'était mieux pour moi. Il valait mieux que je ne ressente plus rien. J'étais moins fragile.

J'ai ajouté des traits sur le mur, encore et encore, en barrant les semaines puis les mois, en inscrivant ici et là les dates auxquelles nous devions être. Après Noël, Pâques. Et mon anniversaire, le 17 avril. À quelques jours près, je devais être bon. Les vieux ont parlé des saints de glace ; alors nous sommes bien en mai.

*

Le soir en regagnant ma cave, à moitié allongé sur la planche, il m'arrive de contempler ces traits et ces lignes sans les voir, le regard perdu au loin. Souvent, je ne pense à rien. Parce que l'épuisement me ronge. Et aussi parce qu'il n'y a plus rien à penser.

Que fais-je dans ces moments où les traits du mur filtrent le vide de mon esprit ? Je vis. Il n'y a rien à dire de plus. Rien de moins non plus, car alors ce serait une vacuité pure.

Peu à peu, je suis devenu *transparent*. Les autres êtres transparents possibles sont peu nombreux dans l'univers. Les fantômes. Les ectoplasmes. La fumée peut-être. Comme eux, j'existe à peine et je me coule dans les recoins du monde. Certains jours les vieux ne me voient même pas. Ils m'emmènent travailler, ils me surveillent ; je déjeune dans la même pièce qu'eux. Mais leur regard ne s'arrête jamais sur moi, il passe au travers. Les rares fois où je dis quelque chose, ils répondent sans lever la tête de leur assiette ni de leurs vieux journaux. Ou ils ne répondent pas. Un jour, Joshua m'est rentré dedans en traversant la cuisine. J'ai vu son air stupéfait, comme s'il me découvrait. Il a dit :

— Oups.

J'ai fait un pas de côté et il est passé. En arrivant à la commode il m'avait déjà oublié. Je suis en train de disparaître, tout simplement. Mes mains ouvertes sont diaphanes comme la mort. Mais y a-t-il une autre issue ?

J'essaie de me rassurer quelquefois.

La journée, je regarde le ciel.

Les dieux aussi ont une certaine transparence.

Je vérifie en faisant un geste lent, dans le champ de vision de Basile. Je le vois tourner la tête vers moi. Je respire. Alors si, il reste quelque chose de moi encore. Une toute petite chose.

Seul le travail me donne de l'existence.

Quand j'abats la pioche au sol, j'ai l'impression de me disloquer.

Avec le retour du printemps les vieux n'ont pas cessé de se disputer. Ils ne sont d'accord sur rien, ni sur les choses à faire ni sur les priorités. L'un veut rafistoler la remise qui menace de s'écrouler, l'autre préfère racheter des poules. Parfois leurs oppositions sont si invraisemblables que j'en reste muet. À Joshua, je dis à voix basse qu'il a raison. Je hoche la tête : *Des poules, oui. Sûr.* Le renard a gratté le sol une nuit et s'est introduit dans l'enclos. Il en a égorgé quatorze. Le jour suivant j'ai réparé le grillage et, pendant une semaine, les vieux m'ont fait dormir dehors. Ils m'ont enchaîné au montant de la grange. Mon boulot, c'était d'aboyer si je voyais le renard, pour prévenir. Il n'est jamais venu évidemment. Dos au sol, refroidi sous mes couvertures, je regardais les étoiles et je respirais. Libéré de la voûte basse de la cave, mon esprit vagabondait, allait de la prison à Max, de Max à Lil. Au père, qui ne nous avait pas aimés. À notre mère dont nous avions des souvenirs sans doute enjolivés et qui n'avait pas dû nous chérir non plus puisqu'elle nous avait abandonnés. Au fond Lil a été la seule à m'aimer. Mais elle a triché. Je rectifiais : c'est Max qui m'avait trahi. Je pensais à Basile et je sentais se dessiner sur mon visage, de manière imperceptible, le même rictus qu'avait Joshua en le regardant quand il se faisait engueuler. Ces aînés étaient nos bourreaux ; nous les haïssions en silence et la rancœur s'accumulait en nous comme des livres sur une étagère trop fine.

Je secouais la tête, enragé d'avoir pris l'habitude de dire « nous » en pensant à Joshua et moi ; parfois il me semblait que c'est moi qui tombais dans le piège que je lui tendais millimètre par millimètre.

*

L'idée de la mort me hante peu à peu. Sans doute parce qu'elle se rapproche anormalement, pas au rythme de chaque jour puisque nous y allons tous, non. Elle se rapproche *dangereusement*. Je la sens jusqu'au plus profond de moi-même. Parfois je me pose la question. Est-ce que je mourrai d'épuisement un jour au milieu du bois ou du potager ? Ou une nuit, seul dans la cave. Seul ! Même en plein déjeuner avec Basile et Joshua, je suis seul. Alors…

Dans ces moments d'extrême solitude, je rappelle à ma mémoire une histoire que j'ai lue enfant, pas une histoire au fond, un poème que nous avions lu au catéchisme et qui avait été écrit dans les années soixante. Un homme mourait et, depuis le ciel, il contemplait sa vie qui se matérialisait comme une immense plage sur laquelle il voyait cheminer les marques de ses propres pas. À côté, il y avait d'autres traces de pas : celles de Dieu, qui l'accompagnait. Mais aux moments les plus difficiles de son existence, il n'y avait plus qu'une seule marque de pas. Alors l'homme demandait à Dieu pourquoi il l'avait abandonné quand il avait le plus besoin de lui. Et Dieu répondait : *Je ne t'ai pas abandonné. Dans ces moments-là, c'est moi qui te portais.*

Voilà à peu près ce dont je me souviens.

Je ne sais pas si moi aussi je verrai ma vie sous forme d'un long cheminement quand je serai mort. Et je ne sais pas si je croirai un dieu quand il me dira qu'il m'a porté tout ce temps de la fin de ma vie. Je suis devenu si méfiant, si hargneux que je vérifierai que les traces uniques dans le sable sont plus profondes que les miennes quand nous marchons côte à côte, puisque à deux nous devrions être plus lourds.

Si jamais nous avons marché côte à côte un jour. Aujourd'hui j'en doute.

Parfois il me revient les paroles du père, il y a bien longtemps, qui me disait que si je doutais, c'est que le diable avait gagné.

Mais je n'y crois pas non plus, au diable.
Même lui m'a abandonné.

Il ne reste que moi. Je regarde mon corps décharné et couvert de plaies, mes mains calleuses où depuis longtemps le sang a séché en une croûte noire. Mes pommettes osseuses saillent de ce visage que je ne cherche plus à voir. Le creux de mes joues me donne un frisson. Et la cavité de mes cernes. Les tendons dans mon cou. Nul besoin de miroir : mes doigts suffisent à me renvoyer une image terrifiante.

Je ne suis plus qu'un reste d'humanité. Une entité qui ne pense qu'à manger, boire et dormir, à éviter les coups, et à se relever le lendemain. Les vieux avaient raison. Je ne vaux pas beaucoup plus qu'un chien. Je ne suis même pas affectueux. Je suis de la race de ces bêtes galeuses qu'on attache au bout d'une chaîne et que personne ne veut plus caresser.

Ce que je suis devenu, c'est aux vieux que je le dois. Toute ma souffrance et toute ma déchéance, ce sont eux qui les ont faites. J'espère de toutes mes forces qu'il existe quelque chose au-delà qui pourra me venger. Au nom de la haine qui me sera restée jusqu'au bout, même sans force, et sans volonté.

Un peu de justice.

Je lâche un petit sourire narquois. De la justice, vraiment ?

*

Joshua est venu vers moi pour me parler, hier dans le potager. C'était à la fois inattendu et dérangeant. Je ne trouvais pas ça *logique*. J'ai attendu de voir sur quoi nous allions déboucher. Peut-être que nous finirions sur le temps qu'il faisait et la pousse des salades ? Oui, nous aurions pu bavarder de tout et de rien, dans un autre contexte. Joshua souriait.

J'ai répondu à ses questions et j'ai écouté ses errances, juste pour souffler, pour lâcher la bêche et me relever en faisant craquer mes reins. Je gardais la tête baissée.

En fait Joshua ne me parlait pas. Il monologuait et je l'ai observé en douce, réprimant un frisson. Il était loin. Ses yeux étaient comme rentrés à l'intérieur, blancs et vides, paupières à moitié fermées. Il me faisait peur, ce con-là. Je n'ai pas osé bouger ni parler pendant qu'il crachait son mélange de réflexions et de phrases incohérentes. Il menaçait Basile, parlait de leur sœur, de coups et de corps. Je ne comprenais pas tout mais je faisais d'horribles suppositions. J'avais le sentiment très net que je ne devais pas interrompre cette étrange litanie. Joshua parlait de plus en plus vite, mangeant ses mots, respirant par à-coups.

D'un coup il a jeté son rire strident et j'ai sursauté en reculant d'un pas. Ce type était raide dingue, plus encore que l'autre. Il a tendu une main vers moi et j'ai bondi en arrière, par réflexe.

— Eh bien, il a dit.

— Je suis désolé.

— T'as peur ?

— Mais non.

— Mais non, il a répété. Y a que Basile qui te fait peur, hein ?

— Toi aussi, Joshua.

Il puait l'alcool. J'aurais pu parier qu'il avait trouvé la bouteille planquée par Basile et qu'il l'avait bue en entier. La proximité du fusil, tout contre moi, me troublait. J'ai passé une main sur mon front en sueur.

— Je le déteste, a repris Joshua.

— T'as raison.

Je supposais qu'il parlait de Basile, je ne voyais pas qui d'autre. Ou alors moi ? Il était rond comme une queue de pelle.

— Je suis plus intelligent. À l'école j'étais meilleur.

— J'en suis sûr.

— Mais Basile… Basile…

J'ai acquiescé par principe. Vu l'état de Joshua, je n'allais pas le contrarier. Le fusil tremblait dans ses mains et je m'efforçais d'oublier que j'aurais pu le lui arracher, parce que oui, j'avais peur. Je crevais de trouille à sentir la folie irradier ce vieux près de moi. Il a lâché d'un coup :

— Basile dit que j'ai une petite bite.

Et je n'ai pas su quoi répondre. Nous sommes restés là plusieurs secondes sans parler, lui chancelant et moi à me demander comment j'allais m'en sortir. Laborieusement, j'ai fini par murmurer :

— Ça m'étonnerait.

Joshua s'est mis à pleurer. Il a hoqueté :

— Si.

Et merde, je me suis dit. *Au secours. Quelqu'un*. Au même moment j'ai entendu le pas de Basile derrière nous et je me suis poussé sur-le-champ, trop heureux de céder le face-à-face. Le vieux m'a regardé et a dévisagé Joshua d'un air dur.

— Rentre. Je vais le surveiller.

En même temps, il a mis la main sur le fusil que tenait Joshua. Celui-ci a arraché l'arme, l'a levée au ciel.

— Non ! C'est mon tour !

Si Basile a été décontenancé par la réaction de son frère, il n'en a rien laissé paraître. Il n'a pas cherché à reprendre le fusil de force. Il a mis les mains sur les hanches et il a soupiré, fort.

— Joshua, rentre à la maison.

— Nooon !

Le glapissement nous a fait sursauter tous les deux.

Joshua nous a mis en joue dans la fraction de seconde qui a suivi.

Pour la première fois, j'ai vu Basile hésiter.

J'aurais dû jubiler. Les vieux qui se déchiraient, c'était ce que j'avais toujours espéré. Mais j'étais mort de peur et Basile n'était pas beaucoup plus fier.

Une drôle d'étincelle dansait dans le regard de Joshua.

Nous sommes restés des heures dans ce potager, sans bouger, même sous les piqûres d'insectes. Joshua nous avait toujours dans la ligne de mire. J'aurais voulu m'écarter de Basile parce que c'est visiblement après lui que Joshua en avait le plus.

Moi, au fond, je n'étais que le chien.

Mais j'étais témoin.

Et je ne savais pas si Joshua serait comme le renard dans le poulailler, s'il se mettait à tirer : tuant tout ce qui vivait. Ne s'arrêtant que lorsque tous les corps seraient immobiles. À petits pas imperceptibles, je m'éloignais de Basile. Par centimètres.

J'ai regardé le fusil. Un canon superposé. Deux coups. Merde, deux coups, ça faisait un chacun. Ça suffisait.

Basile ne disait rien, ne cillait pas. J'aurais pu croire qu'il était mort sur place si je n'avais pas entendu sa respiration ici et là.

Et puis au bout d'un temps infini, Joshua a baissé le fusil lentement, comme ça, sans raison. Il a regardé autour de lui avec l'air de ne rien reconnaître, et il a appelé.

— Base ?

— Je suis là, Jos.

Il est venu vers nous et il a dévisagé Basile en fronçant les sourcils et en penchant la tête. Je n'étais pas certain qu'il nous remettait. Il a répété :

— Base ?

— Oui, mon Jos, a dit Basile.

Alors Joshua s'est mis à pleurer. J'étais paralysé par la tournure que prenaient les choses. Ses sanglots ressemblaient à des plaintes de petit chat, à des pleurs de bébé. Quelque chose clochait. De ce vieux corps fripé sortait une psalmodie d'enfant et je sentais mes poils se dresser sur mes bras. J'avais l'impression de contempler un truc malsain, pas résolu, mal enfoui. Ou une maladie. La voix de Joshua avait l'intonation d'un chant de messe. Des frissons couraient sur mon corps qui palpitait, alerté par je ne sais quel mauvais présage.

Basile, lui, semblait insensible à ce qui se passait devant nous. Il a récupéré le fusil doucement. Il a demandé à son frère :

— Ça va ?

— Je crois pas, a dit Joshua en reniflant.

Alors juste là, avec une rapidité inouïe pour un homme de son âge, Basile lui a asséné un coup terrible sur la tête avec la crosse du fusil. Avant que je n'ouvre la bouche, Joshua était tombé à terre, inconscient. Basile lui a mis un coup de pied dans les côtes et il lui a cogné le canon du fusil sur la gorge en rugissant. Rien à voir avec la voix calme des instants précédents.

Je n'ai pas réagi. Je l'aurais voulu que je n'aurais pas pu.

J'ai entendu le clic du chien que l'on arme.

Basile a repositionné le fusil sur le front de Joshua.

Il a tourné la tête vers moi. J'ai fermé les yeux, je préférais ne pas voir. Mon cœur battait à peine plus vite qu'avant, je comptais mécaniquement les secondes.

— Tu dis rien ? a accusé Basile.

J'ai baissé la tête. J'avais l'impression de flotter et leurs histoires, leur violence qui finiraient par avoir ma peau à moi aussi ne me faisaient ni chaud ni froid à cet instant. Alors, maintenant ou plus tard. Et pourtant, une heure auparavant, l'adrénaline faisait faire des bonds à mon cœur fatigué. Mais là c'était trop. Je n'avais plus de jus.

Basile a grogné :

— Ce salopard aurait pu nous flinguer.

Je n'ai rien dit. Tout cet équilibre entre la vie et la mort tenait à un fil. Je ne voulais pas le rompre en basculant d'un côté ou de l'autre. Nous l'avions maintenu pendant au moins deux heures, Basile et moi, en restant comme des statues devant Joshua. Je continuais. Je rêvais de m'asseoir et de m'endormir.

Il s'est passé un long moment.

J'ai compris que Basile ne tirerait pas, c'était trop tard. Il a ravalé sa rage en enlevant brutalement le canon de la tempe de Joshua.

— Emmène-le, il a dit.

J'ai attrapé le vieux tout mou. Le sang lui coulait du cuir chevelu.

Ça non plus, ça ne m'a rien fait.

*

J'ai nettoyé la plaie de Joshua. Il revenait lentement à lui. Ce n'était pas joli mais il n'y avait aucun danger. J'oscillais entre la déception que ce ne soit pas grave et le soulagement de ne pas me retrouver seul avec Basile, qui m'a redescendu à la cave. Il fulminait.

— Tu vas voir, marmonnait-il, tu vas voir.

— Vas-y doucement, j'ai dit d'une petite voix – mais encore une fois, je n'existais pas pour lui et il n'a même pas tourné la tête vers moi.

La lourde porte en chêne s'est refermée derrière lui.

Ensuite, des éclats de voix. Celle de Basile. Joshua n'était évidemment pas en état de répondre. Il cogne fort, Basile, en colère.

J'ai sursauté à un bruit de verre cassé et j'ai tendu l'oreille pour tenter de suivre la scène. Les hurlements, à qui ? Peine perdue.

Il y a eu du chahut, je pense, pas loin d'une heure.

Et puis plus rien.

La nuit a commencé à passer.

À plusieurs reprises je me suis réveillé en sursaut, persuadé d'entendre des gémissements. J'ai écouté, encore et encore. Quand j'ai eu la conviction qu'ils venaient du trou où est enterré Luc, je me suis mis la tête sous la vieille couverture pour ne plus les entendre, les bras plaqués sur les oreilles.

Je délirais.

Les vieux étaient en train de péter un câble.

Il fallait qu'il en reste un de lucide, et il fallait que ce soit moi.

Le matin suivant l'incident, je m'arrête net en haut de l'escalier, contemplant la cuisine dévastée. Dieu. Un jour qui ne ressemble à rien de ce que je connais. Bien sûr je ne le sais pas, mais c'est là que la fin commence.

Heureusement, que je ne le sais pas. Sinon je me serais jeté sur Basile en espérant qu'il tirerait. Mais rien ne me permet d'imaginer pour l'instant que l'avenir pourrait être *pire*.

Joshua est affalé dans un fauteuil, ligoté ; les cordes bâillent. Il a des plaies partout sur le visage. Du sang a séché sous son nez. Les paupières gonflées par les coups, il ouvre suffisamment l'œil gauche pour me reconnaître. Il me semble qu'il m'adresse un très léger signe de la tête. Une erreur sans doute. Je n'ai pas assez dormi.

Basile me pousse vers la cafetière sans un mot.

Je mets de l'eau dans la réserve et j'allume le bouton. Après quelques dizaines de secondes, la pièce commence à sentir le café. Les tasses à la main, j'hésite en voyant la table. Noyée de bouteilles et de verres cassés, de restes de repas éparpillés jusque par terre. J'ai marché sur des éclats de verre en entrant, qui ont crissé sous mes chaussures.

Mais Basile m'attrape et m'oblige à poser les tasses au milieu du chaos. D'un geste du bras, il balaie le désordre devant lui et le pousse par terre et s'assied, le visage fermé, le fusil tout contre lui comme un talisman. Je le sers en silence. Après, il me fait un geste de la main.

— Dégage, il dit.

Je recule à l'autre bout de la table et je remplis la tasse de Joshua. J'enjambe le banc pour aller vers lui quand Basile m'arrête.

— Non. Pas lui.

Je ne proteste pas. Je vais m'adosser au mur le plus éloigné de la pièce, la tasse entre les mains. Le café est âcre et brûlant. Joshua bouge à peine.

Basile pose brusquement sa tasse vide sur la table. Se lève et montre la cuisine.

— Faut nettoyer tout ça.

Je m'exécute en surveillant Basile qui commence à détacher Joshua. Je l'entends lui demander si ça va, comme hier. Joshua pleurniche sans rien dire. Je jette un œil sur le fusil, que Basile surprend. Il se met à gueuler :

— C'est pas le moment, hein !

Joshua pousse un cri effrayé et je sursaute. C'est moi que Basile regarde. Je hoche la tête. *Okay*, je dis en levant une main dans un geste d'apaisement.

C'est comme si tout se fissurait dans la vieille maison abîmée. Ce serait une bonne nouvelle si je gardais mon sang-froid ; mais je dérive moi aussi dans une confusion totale. Je me passe de l'eau sur le visage. Je retrouve la même peur qu'avant avec Max, la même incapacité à reprendre mon souffle et à réfléchir calmement.

Quand il me cassait la figure et qu'il disait que si je le racontais au père, il viendrait la nuit dans ma chambre ; et qu'alors ce serait terrible. *Si tu l'ouvres, t'es mort*, menaçait-il. *Tu te souviens du chat du voisin ?*

J'ai grandi avec ça : la conviction que Max pouvait me tuer à tout moment juste en serrant les mains autour de mon cou. J'entendais encore le craquement des os, et je me souvenais comme les miaulements du chat s'étaient arrêtés d'un coup. Je ne voyais pas pourquoi il en serait autrement avec moi.

Trente ans plus tard j'ai massacré Max. J'ai passé dix-neuf mois en taule et personne à part le grand Gilles ne se serait avisé de me marcher sur les pieds. Avec la prison j'ai pensé que c'était fini, plus jamais on ne me considérerait comme une cible facile, j'avais perdu le profil. Certains baissaient les yeux juste à ma façon de les regarder ; ce à quoi l'on reconnaît les vrais méchants, disait mon coloc terré au fond de la cellule que nous partagions. À quoi cela tient. Aujourd'hui ma victoire sur les autres, il n'en reste rien. Et pour cela, il a suffi de deux vieux fous.

*

Les jours suivants passent sans bruit, dans une atmosphère lisse et oppressante. Quelque chose semble en suspens ; il suffirait d'une étincelle pour que tout reparte, tout explose. L'air est comme ouaté ; même quand j'ai besoin de poser une question, je le fais à voix basse. Joshua ne répond pas, absent et recroquevillé dans le fauteuil, et Basile grogne un mot en retour. Quand je ne comprends pas, je ne le fais jamais répéter. Je hoche la tête et je retourne à mon travail. Si Basile s'est étonné parfois que je ne prenne pas en compte ce qu'il venait de dire, il n'en a rien laissé paraître.

Mon cadre de vie s'est restreint au vieux le plus teigneux, et la surveillance constante de Basile m'épuise. Il ne laisse plus Joshua s'approcher du fusil. De ce fait, il est dorénavant mon seul gardien et mes journées de travail ont raccourci de plusieurs heures. C'est l'après-midi que je le ressens le plus : de trois quarts d'heure, la pause déjeuner est passée à une heure et demie, parfois plus quand la pluie ou la chaleur nous talonnent. Le soir nous arrêtons vers dix-neuf heures. Il reste près de trois heures de jour, dont nous ne faisons rien.

De rares fois Joshua nous a rejoints dehors, quand nous étions au potager. Il s'assied au soleil près de nous. Il commente à voix basse l'état des légumes, fait des pronostics sur la météo. Il est même venu s'agenouiller à côté de moi, enlevant quelques mauvaises herbes à la main. Les marques sur son visage s'atténuent et lui font des ombres bleues. Je vois bien qu'il a encore mal, ses gestes sont raides et sans envergure. Il me gêne, quand il est près de moi. Tout en lui respire une colère rentrée, une haine terrible qui vient me heurter le corps. Je n'ose pas lui parler, pas le regarder ; j'ai peur que cela s'échappe.

Quand Basile regarde ailleurs, le visage de Joshua reflète une étrange lueur, un état d'attention maximal. Il le jauge, j'en suis persuadé, comme un prédateur mesurant la force d'une proie. C'est un renversement de rôle trop effrayant pour que j'y pense sereinement. Je le vois donner un coup de menton vers Basile, telle une promesse épouvantable ; son sourire canin me donne des frissons. Je ne crois pas que Basile sache qu'il a deux ennemis maintenant.

À sa place, je me méfierais bien plus de Joshua que de moi.

Donc les jours passent, et la tension ne décroît pas. Joshua parle toujours à peine. Les seuls moments où j'entends sa voix, c'est le soir, depuis la cave. C'est dire que ça braille. Le reste du temps, il se tient comme un vieillard renfrogné, les mains repliées sur elles-mêmes dans un geste dérangeant. Je contemple ce trio dévasté que nous formons, et qui s'étiole et s'isole. Nous sommes trois entités distinctes, trois entités qui vivent comme juxtaposées, les unes à côté des autres, séparées par des parois de verre invisibles. Nous nous ignorons. Nous ne nous parlons plus. Seul Basile aboie des ordres ; c'est l'unique communication qui existe entre nous dorénavant.

Jusque-là, Joshua créait une sorte de lien entre nous. Aujourd'hui il a abandonné le poste. Il esquive nos regards. Cela fait des jours que je n'ai pas eu le moindre rabiot après le dîner, non qu'il s'y refuse : il n'y pense même plus. Oui, Joshua a démissionné de notre vie ; il s'en lave les mains. Ni Basile ni moi ne nous doutions du silence et des sursauts de malaise que cela mettrait dans notre quotidien. Par imitation ou par contagion, nous nous taisons nous aussi progressivement.

Nous retournons à un étrange état animal.

Pour me dire ce que j'ai à faire, Basile me montre un outil du doigt dans un grognement. Je m'exécute sans un mot. Toute parole est illusoire et dangereuse ; nous ne voulons pas rouvrir le dialogue. Nous nous haïssons à voix basse, les yeux fermés sur notre misère ou notre fatigue.

Nous nous défions les uns des autres, en nous reniflant comme si nous pouvions deviner de quoi sera fait demain.

Nous mangeons en protégeant nos gamelles d'une main, plongeant de l'autre à même les plats pour attraper une pomme de terre ou un bout de jambon.

Nous oublions le langage.

Le temps s'étire, curieusement long.

Dehors le soleil brille avec constance et les hortensias sont en fleur.

Des fleurs bleues, immenses.

Depuis ce matin, l'air s'est saturé petit à petit. Le vent se lève et tourbillonne et on entend des grondements au loin derrière les nuages bas. Je déteste ces roulements menaçants, ce ciel gris et noir et jaune.

Jaune comme un soleil sale.

L'orage arrive, nous le sentons depuis des heures. Ici et là nous levons le nez pour surveiller son approche ; le temps est lourd et la sueur me coule dans le dos. Basile craint les éclairs. Une vraie fillette. Au premier craquement du ciel il m'a dit d'arrêter de travailler et nous sommes rentrés en trottinant dans la maison, surveillant les arbres qui bougeaient comme des danseuses. J'ai lâché le merlin sans regret.

— La tempête, marmonne Basile. Ça va être la tempête.

Comme souvent, je pense *Mais non, vieux con* et je me tais. Il a sorti des verres et nous vidons une bouteille et demie de goutte. Joshua s'est joint à nous, qui ne s'agite plus que lorsqu'il s'agit d'alcool. Tout le monde est à la fête et Basile verse et reverse dans les verres : la trouille, ça rend généreux. Des fois qu'on ait besoin les uns des autres. Et pourtant chacun de nous sait pertinemment que si nous étions blessés pendant l'orage, les autres passeraient leur chemin sans ciller. Sans tendre la main. Jamais.

Moi comme les vieux.

Dans la violence sourde, dans la froideur, je suis devenu aussi fort qu'eux. Je ne leur dois rien.

Je sens l'alcool me brûler la gorge et le ventre.

La sueur perle sur le front de Basile, tétanisé par l'orage qui éclate dehors dans des hurlements de vent et de colère. Joshua pique du nez sur la table, effondré par les petits verres de goutte qu'il a descendus coup sur coup. Nous sommes tous les trois ivres, différemment ivres. Joshua endormi, Basile saturé d'angoisse, et moi.

— Faut que je pisse, je dis en me levant d'un coup.

Basile bondit sur ses pieds, m'interpelle au moment où je pose une main incertaine sur la poignée de la porte.

— Pas tout seul.

— Tu veux me la tenir ? je réponds dans un ricanement.

Basile me regarde de travers. Je m'appuie au chambranle de la porte en essuyant mon visage moite, chancelant. Je défais mon bouton de pantalon et je demande :

— Tu préfères que je le fasse dans la maison ?

Il m'injurie à voix basse.

— Vas-y. Mais pas loin. Et laisse la porte ouverte, que je te voie.

— Ouais.

J'ouvre la porte et l'orage me gifle d'une bourrasque. Le visage fouetté par la pluie, je sors en chantant presque, survolté par l'alcool et la puissance du temps. Un éclair zèbre le ciel et je contemple le paysage blanc comme un fantôme, les entrailles tressautant sous le craquement de la foudre. Je ferme les yeux une seconde tant la lumière m'aveugle. Basile a reculé dans la cuisine. Il crie :

— Magne-toi !

J'ouvre ma chemise, offert aux trombes d'eau qui commencent à me faire frissonner. Je tourne sur moi-même, lentement pour ne pas tomber, les bras ouverts, parlant tout seul. La voix de Basile me parvient comme dans un rêve, assourdie par les cascades de pluie.

— Mais qu'est-ce que tu fais, espèce de con ?

J'éclate de rire. Comment ça, qu'est-ce que je fais ? Tu vois pas ? Je *danse*. Je danse au nom du monde, de la pluie et de l'alcool, je danse pour que l'univers continue à tourner. Je fais le parapluie. Je fais le derviche. Je fais ce que je peux. On n'est rien que des foutus alcooliques, tu le sais ça, Base, enfant de salaud ? Mais je t'emmerde, je fais ce que je veux. Laisse-moi.

Tu danses pas, Théo, tu titubes. Tu déconnes, là, tu te crois où ? Mais qu'est-ce qu'il en sait, de ce que je fais ? Je danse pour qu'il reste un peu de vie et que tout ne disparaisse pas. Pour qu'il reste de la poésie et du rêve. Si j'arrête, peut-être que tout sera englouti. On ne sait pas. Alors je danse, sans étoiles et sans lune dans ce ciel d'après-midi blessé. Je chante à la gloire du tonnerre et de mon cul nu. Je crie : *Qu'est-ce que tu en dis, Base, fils de pute ?* et je ris encore, parce que je sais qu'il ne m'entend pas.

L'éclair qui illumine une fraction de seconde la forêt autour de moi me ramène brusquement à la réalité. Les silhouettes des arbres, affolées par le vent, se tendent vers moi pour m'agripper. Le vent brame dans les arbres ; on dirait une bête mourante.

Je remonte ma braguette maladroitement. J'ai les doigts qui tremblent. Sur le seuil de la maison, Basile ouvre la porte d'un coup, me tire à l'intérieur et me dévisage comme si le diable cherchait à rentrer.

— Bon Dieu, gueule-t-il, t'en as mis un temps !

Je m'assieds sur le banc, trempé, sonné.

— À boire ! beugle Joshua depuis le fauteuil où il est allé s'écrouler.

— La ferme !

En signe de protestation, Joshua se met à pousser un long cri strident, insupportable. Je me bouche les oreilles en hurlant à mon tour :

— Stop ! Assez !

— Vos gueules, tous les deux ! braille Basile dont le regard court de l'un à l'autre comme un fou. Vos gueules, vous m'entendez ?

— Iiiiiiiih ! hulule toujours Joshua.

Je me lève en faisant basculer le banc qui tombe dans un bruit terrible.

Basile se tourne vers moi d'un coup, hystérique.

— À la cave ! À la cave, toi !

Un peu dégrisé par l'adrénaline, assommé par les cris de Joshua qui me transpercent la tête, je m'engouffre dans l'escalier de pierre. Je m'abats sur ma planche, le souffle irrégulier.

— Chaîne, gronde Basile qui me suit.

Je verrouille le cadenas sans un mot.

— Bien, dit-il.

Je montre les dents à mon tour. *Grrr*, je fais.

Il ne me voit pas, ne m'entend pas ; Joshua doit occuper son esprit tout entier. Il remonte en hâte. Je me roule en boule sur la planche.

Par le soupirail, j'entends chanter les grenouilles. J'ai mal à la tête. Je me frotte les yeux en regardant la lumière grisâtre se retirer de la cave. La soirée a dû passer. Je n'entends plus l'orage.

Ni même la pluie.

Je mets la main à mon poignet, comme quand j'avais une montre. Réflexe. Et pourtant cela fait des mois qu'elle s'est cassée et que je l'ai glissée sous ma planche. Je n'ai pas voulu la jeter ; c'est Lil qui me l'avait offerte. Machinalement, je la cherche du bout des doigts. Elle indique huit heures vingt, comme les cent dernières fois où je l'ai regardée. Huit heures vingt. Pourquoi pas.

J'ai appris à me situer à peu près n'importe quand dans le temps, à la touffeur du jour, au noir de la nuit. Aux orangés du soir et aux rouges de l'aube. Aux lumières franches ou tamisées. Aux bruits aussi, nocturnes ou diurnes, de choses qui n'arrivent jamais aux mêmes heures.

Mais les grenouilles peuvent chanter toute la nuit.

Quand j'étais môme, j'allais les pêcher avec un fil de laine rouge noué au bout d'une tige de noisetier. Mais je les relâchais toujours. Je détestais l'idée qu'on puisse les dépiauter et les cuisiner en fricassée, par dizaines de cuisses. Au début le père et Max se moquaient de moi en disant que j'étais un bien mauvais pêcheur. Après, ils se sont doutés que je les rejetais à l'eau et je suis devenu *la gonzesse.*

Au printemps, les œufs de grenouille faisaient comme d'immenses grappes de raisin transparentes à la surface de la mare. Les canards sauvages et les hérons adoraient ça. Je guettais des heures, accroupi au bord de l'eau, une badine à la main.

Le chant des grenouilles résonne au fond de la vallée.

Je me rendors à demi, encore saoul, avec l'impression de me faire happer par quelque chose de l'ordre de l'univers. J'imagine que je suis dehors, sous une pluie d'étoiles. Les milliards de particules qui me composent me rentrent dans le corps par l'air que j'aspire. C'est comme si je les sentais se disperser dans mes poumons.

Je murmure, des quarks. Des composants de matière.

Ça sonne comme un poème.

J'ouvre les mains avec le sentiment qu'une onde de lumière s'en détache et s'élève et prend de l'ampleur.

Le temps pourrait s'écouler indéfiniment des jours comme celui-ci. Dans mes rêves !

Je rouvre les yeux et je retrouve immédiatement l'enfer humide de la cave. L'air que j'inspire ? Chargé de crasse et de bactéries. À nouveau les dizaines de plaies qui couvrent mon corps me font mal, s'infectent, me rappellent ma condition misérable. Je cherche une position qui me soulagerait, une façon de détourner mon attention de mes douleurs et de mon épuisement. Un espoir qui me tiendrait.

Comme Joshua, mais dans un murmure.

À boire.

Merde, à boire !

Je laisse retomber les bras le long de mon corps.

C'est long, la vie.

C'est long et je m'y accroche.

Depuis combien de temps ces deux salauds ne sont pas descendus me voir ?

Mon regard s'arrête sur une coccinelle égarée, qui longe l'arête de ma planche. Je tends la main et elle monte. Pas d'hésitation. Confiante, oui. Je la contemple un moment, cette petite boule rouge à points noirs qui grimpe le long de mon bras, de ma main, de mon index. La pensée mauvaise me traverse que, l'ayant attirée là, je pourrais tout simplement refermer les doigts et l'écraser. C'est comme si j'entendais le minuscule craquement de la carapace. Je ne sais pas pourquoi cette idée me vient, spontanée, violente. Je secoue la tête pour y échapper.

Je tends les doigts vers le soupirail. La coccinelle frémit, déploie de courtes ailes transparentes et s'élève de cette façon lente et un peu lourde qu'elles ont de s'envoler. Elle se pose au bord du soupirail. Je la vois filer de toutes ses pattes vers le reste de lumière, dehors.

Dieu, ce que j'aimerais être à sa place.

Elle disparaît de mon champ de vision. Je continue à regarder la direction dans laquelle elle est partie, petit être invisible à présent mais qui maintient mes pensées en suspens.

Une bête à bon Dieu.

Parce qu'on dit que, l'hiver, les coccinelles vont s'abriter dans les églises. Dans certaines régions, les gens viennent les chercher juste avant leur réveil, au printemps, pour les disperser dans les jardins.

Soudain le mugissement déchire l'air.

C'est venu comme dans un film d'horreur, d'un seul coup, sans prévenir. Oubliant l'insecte en une fraction de seconde, je me plaque contre le mur, épouvanté par ce cri à peine humain.

Sans doute trop humain.

Une stridulation terrible.

Et puis le hululement.

Les yeux agrandis par la peur, je me recule autant que je peux dans la sécurité trompeuse de ma cave. Le cri dehors me glace littéralement. Un instant, l'idée qu'un ours puisse avoir attaqué les vieux m'effleure. Parce que le hurlement est atroce.

Je tire sur ma chaîne vainement, pour essayer de voir quelque chose.

Je le sais bien, qu'il n'y a pas d'ours par ici.

Alors les détonations s'engouffrent dans le soupirail et je tombe en arrière, comme soufflé par la déflagration.

Deux coups.

À quelques secondes d'intervalle.

Le temps de réarmer un fusil.

*

Le silence qui s'ensuit est glacial.

La nature entière se tait, comme en suspens. J'ose à peine respirer. Le regard accroché à la porte de la cave, j'attends que quelque chose entre. Parce que, j'imagine, quelque chose va forcément entrer.

Au bout d'un temps qui me semble infini, mon cœur manque de s'arrêter. Contre la porte de la cave, de l'autre côté, quelqu'un gratte, le souffle rauque. Le bruit est si animal que je reste tétanisé, la bouche ouverte sur un cri muet. Qu'il reste muet, bon Dieu, qu'il reste muet !

La poignée bouge une fois, deux fois.

À nouveau la respiration forte, bruyante.

Et puis ça s'éloigne.

Des pas traînants, qui frottent le sol au-dessus de ma tête.

Des pas de bête.

Je me tais de toutes mes forces. Je ne connais qu'un fusil ici et c'est celui des vieux. Ou alors, quelqu'un est venu leur faire la peau à tous les deux. Des salopards pareils, même au fin fond du monde, ont forcément des ennemis. Deux détonations. Une pour chacun. Dieu, combien sont-ils là-haut ? Je voudrais appeler mais quelque chose me paralyse ; s'il s'agit d'un règlement de comptes, il ne faut pas de témoin.

J'ai compris depuis des mois que je mourrais dans cet endroit. Mais je n'avais pas soupçonné que ce serait avec cette peur au ventre. Crever comme un chien, oui, au travail, ou sous le fusil de Basile.

Mais là ?

Si quoi que ce soit entre ici, je serai une proie facile, exténuée et attachée. Une offrande. Une sorte de jeu sur un champ de foire.

*

Plus de conscience du temps qui passe.

Plus aucun repère, jusqu'à ce que l'aube concède une lumière jaune au bout du soupirail. L'air est chaud et moite. Un air d'été, qui respire tant bien que mal.

Le jour. J'ai l'impression de pouvoir vivre à nouveau.

J'attends.

Toujours pas de bruit.

J'ai soif.

*

Autour du potager, les vieux disposent régulièrement des soucoupes de bière pour noyer les limaces. Parfois quand ils vident le poêle, ils étalent de la cendre aussi. Mais c'est la bière qui marche le mieux. J'ai été fasciné par l'attrait qu'elle exerce sur les limaces, qui glissent lentement dans le jus doré. Et qui vont à leur perte aussi sûrement qu'un junkie devant une seringue de blanche. Déterminées. Enivrées.

Il y a des limaces grises avec des taches noires sur le corps, comme des pointillés. Les autres, les plus nombreuses, sont d'un orange foncé d'argile. L'odeur de la bière les enchante. Elles se hissent sur le rebord de la soucoupe, redescendent de l'autre côté.

L'autre côté, c'est la mort. La noyade et l'empoisonnement. Un piège infaillible. Mais je m'en fous des limaces.

Plusieurs fois au printemps, j'ai ramassé un petit bâton et je les ai retournées dans la bière, pour voir. Celles qui étaient là depuis longtemps restaient couchées sur le côté, immobiles, mortes. Au gonflement de leur corps, je savais que la bière fermentée les avait fait éclater à l'intérieur. Je ne ressentais rien, absolument rien en les entassant dans un coin comme si c'était un charnier vengeur et jouissif, pas même le dégoût de voir ces formes molles se débattre de longs moments sans espoir. Je regardais, voilà tout.

Je ne comprends toujours pas comment elles peuvent aller vers une soucoupe saturée de cadavres, et y grimper, et s'y faire une place parmi les autres, les vivantes et les crevées. Quelque chose de l'ordre de l'instinct même leur échappe.

Quand elles trouvaient un interstice pour entrer dans le carré des légumes, elles se suivaient telle une caravane et montaient à deux, trois, cinq sur la même salade.

Des sangsues chiant leur bave sur notre nourriture.

Bien sûr à cet instant, depuis ma cave, je ne vois ni les soucoupes de bière ni les limaces.

Je vois encore moins la chose étrange du côté du potager, derrière les pieds de haricots nains.

Alors que si j'étais dehors, je remarquerais forcément cette forme immobile. D'une couleur inhabituelle. Cette forme vers laquelle convergent les limaces au mépris de la cendre et de la bière. Sûrement, je gueulerais. Bon Dieu, ces saletés sont en train de dévorer le potager.

Et puis je repérerais les insectes.

Une nuée de mouches tournant autour des limaces comme pour les houspiller, se posant et s'envolant sans relâche. Les mêmes mouches qui me collent aux yeux et au coin des lèvres quand je travaille et que je transpire, insupportables d'acharnement, et que je finis par ne plus chasser. Elles sont là, à vous rendre fou. Vous êtes seul et elles sont des milliers. J'en ai tué, inlassablement, et tué encore. Et il en est revenu autant, davantage même, jusque dans mes oreilles. Certaines piquent, ou mordent, ou s'accrochent. La plupart se promènent sur mon corps dans un chatouillement exaspérant.

Ces mouches, c'est le mal qui les attire.

La fatigue, la merde et la mort.

Alors oui, si je pouvais avancer au milieu du potager, je verrais le corps de Basile étendu dans un mouvement indicible, désarticulé.

Immobile.

Écrasant les pieds de tétragones sous son poids.

Basile mort, crevé comme un rat, comme un porc.

*

Mais je ne le vois pas. Je ne le sais pas.

Du trou béant de sa tête, le sang s'est arrêté de couler. Tout s'est répandu sur les légumes et sur le sol, quelques éclats de cervelle aussi, dispersés comme de la chair bouillie.

Les mouches se posent sur ses yeux grands ouverts.

Les tétragones sont rouges, rouges du sang de Basile.

La journée se passe avec cette idée fixe, évidente : il s'est passé quelque chose là-haut avec les vieux. C'est inévitable. D'abord parce que aucun des bruits normaux de leur présence ne m'est parvenu depuis hier ; et puis parce qu'ils ne sont pas descendus à la cave. Or, à la lumière du soupirail, je sais qu'il a fait beau. J'aurais dû travailler. Il y avait le bois à finir de fendre, que nous avions laissé tel quel à cause de l'orage. Basile a horreur de ces tâches inachevées.

Il s'est passé quelque chose, il y a eu deux coups de fusil. Je commence à croire que les vieux ont été tués tous les deux. Sinon, l'autre serait venu me chercher.

Dieu. Je me sens si seul que je me décide à appeler.

— Ohé ?

Ma voix, nouée. Je me racle la gorge, passant la langue sur mes lèvres déjà gercées. Je reprends, plus fort.

— Basile ! Joshua !

Je recommence. Et rien ne me répond.

Rien ne vient.

Du temps s'écoule.

*

Du temps de solitude et de soif.

Jamais la maison n'a été aussi silencieuse. L'absence de bruit me claque aux oreilles dans un suintement horrible. L'angoisse aussi : et moi ? Si les vieux sont morts. S'ils m'ont laissé au fond de cette cave sans que personne ne le sache. J'ai écouté de toutes mes forces et je n'ai rien entendu. Maintenant je suis sûr d'être seul dans la maison.

Je tire sur la chaîne scellée dans le mur. Réflexe. Je ne réussis qu'à me faire mal.

La pensée d'après.

Dans deux jours, je serai mort alors.

Vraiment je ne la voyais pas comme ça, ma vie. Tout ça à cause de ce fumier de Max. Max qui ne s'inquiète pas, qui ne me cherche pas. Max qui n'aura mis que de la douleur dans mon existence, chaque fois qu'il y sera apparu. Et Lil. Quelles pensées terribles ont pu lui venir ? Je suis sorti de prison et je ne l'ai pas appelée. Je ne suis pas passé la voir. Je ne lui ai donné aucun signe de *vie*.

Cette vie qui s'étiole.

Est-ce qu'elle croit que je ne l'aime plus ?

*

Une terreur folle me monte le long du dos et me fait hurler. Bon Dieu, crever comme ça à petit feu. J'appelle sans espoir, sans attente, enterré sous la maison. Même si les vieux se sont fait buter, je préfère encore affronter le tueur plutôt que mourir par petits bouts. Me voir partir. Déjà je mâchonne dans le vide en me léchant les lèvres, la langue pâteuse. La gorge me brûle à l'intérieur comme si elle partait en lambeaux. Alors je braille :

— Basile ! Joshua !

Et je suis le seul à entendre mes cris de bête, tournant sur moi-même comme un fauve, cherchant une solution introuvable.

Rien ne me répondra et je continue. Un peu plus court peut-être. Un peu moins fort. Fatigué. Soif.

— Base ! Jos…

Ce cri qui m'assourdit et m'engourdit lentement.

Je me rassieds sur la planche, le corps entier tremblant d'angoisse. C'est con mais je rêve d'une cigarette. Oui, là, une cigarette me ferait vraiment du bien. Mes doigts s'agitent convulsivement. Depuis que je suis là, Joshua ne m'a donné que cinq cigarettes, le salaud. Si peu que je m'en souviens.

Basile, jamais.

Je crie comme un reproche :

— Base ! Jos !

À bout de nerfs, j'éclate en sanglots. Mes larmes sont dures sur mes yeux irrités. Je me plaque les mains sur le visage, appuyant trop fort, pour arrêter la douleur. J'ai l'impression de me déchirer la peau le long des tempes.

*

Et d'un coup, le bruit.

Je me redresse, les sens en alerte.

Un grincement.

En haut de l'escalier, la porte s'est ouverte.

L'espace d'un instant, ce qu'il peut y avoir de l'autre côté me terrifie. Oui, je sais qu'il vaudrait mieux qu'elle ne s'ouvre pas complètement, cette porte. Je prie pour qu'elle se referme, tout mon être tendu vers elle. De toutes mes forces, j'essaie de la repousser. Longtemps elle reste entrouverte, entre deux eaux, comme hésitante.

Et puis elle s'ouvre, et je crie en silence : *Non, non, non*. Mais voilà elle continue.

Une silhouette se glisse à l'intérieur, malhabile.

*

Dans l'obscurité qui enveloppe la cave, je suis absolument immobile. Les yeux exorbités. Vraiment à cet instant je préférerais crever plutôt que de continuer à hoqueter de peur comme ça. Une crise cardiaque, quelque chose. Mais il tient bon ce foutu cœur tandis que j'entends tétanisé des mains frotter contre le mur. Soudain l'ampoule s'allume.

Je murmure :

— Joshua.

La silhouette descend deux marches de l'escalier en s'appuyant sur la rampe, voûtée, repliée sur elle-même. Sa démarche déclenche une sorte d'alarme dans ma tête. Au moment où elle regarde vers moi je sursaute en me recroquevillant sur ma planche. Ce n'est pas Joshua.

Ce n'est plus Joshua.

Mais une ombre. Un fantôme. Un déjà-mort.

*

Je murmure à nouveau son nom. J'entends ma voix trembler. Son visage crayeux est tellement tiré que les os saillent sous la peau. Un drôle de sourire déchire ses lèvres.

— Oui, il dit.

Je reste rencogné et j'essaie de le reconnaître derrière ce masque blafard et tendu. Il me fout encore plus les jetons qu'avant. Il s'appuie sur un bâton qui lui sert de canne. Je demande :

— Il est où, Basile ?

Il hausse les épaules. *T'inquiète*, il dit. Il finit de descendre les marches et s'approche de moi en longeant les murs. Je ne bouge pas. Son attitude est si étrange, je ne le quitte pas des yeux. J'essaie seulement de regrouper mes forces restantes pour le cas où il m'attaquerait. Voilà où nous en sommes. C'est la première chose qui me vient à l'esprit, qu'il pourrait m'attaquer. Je me sens me hérisser comme une vieille bête en danger. Je ne sais pas ce que me veut Joshua. S'approcher de moi oui, à petits pas chancelants, mais il y a forcément autre chose.

— Joshua, est-ce que ça va ?

Il a fait un pas de plus et il a trébuché. Il se retient tant bien que mal, finit par tomber et rester assis, adossé au mur comme moi. L'idée me traverse qu'il est peut-être complètement saoul. Je répète ma première question, plus fort.

— Il est où, Basile ?

— On s'en fout, dit-il à voix basse.

— Non, on ne s'en fout pas. Réponds-moi.

Il a un petit rire désagréable. Un peu de temps passe. Il reprend :

— Crevé.

Je sursaute, cherchant presque de quoi il parle.

— Hein ?

— Basile. Crevé. Fini.

Je regarde Joshua, stupéfait. Curieusement, pas un instant je ne doute de ce qu'il vient de me dire. Il le porte dans tout son mal-être, tous ses gestes hachés, ses traits défaits. Il ajoute :

— Je lui ai mis deux balles, pour être sûr. Mais à la première c'était déjà bon.

Il part de son affreux petit rire aigu, se tait soudain, abîmé dans une sorte de réflexion improbable. Je le dévisage toujours et l'horreur m'apparaît peu à peu : Joshua n'est pas saoul, il vient de buter Basile. Ce con l'a fait ! Dans tous les plans que j'avais imaginés, pas une fois ce scénario ne m'a paru plausible. En montant les frères l'un contre l'autre c'était forcément Basile qui resterait. C'était ce que je voulais. Luc s'était planté dès le début : Joshua seul, ce n'était pas jouable. Plus faible, mais complètement fou. Incontrôlable. Merde, *c'est Basile que je voulais* !

Je lève une main, comme pour demander la parole.

— Qu'est-ce qui s'est passé, bon Dieu ?

Ma voix s'étrangle. Celle de Joshua aussi quand il répond.

— Il méritait.

Les minutes qui suivent. Cette phrase résonne dans ma tête et trouve un écho abominable, d'il y a longtemps. Quand les gens avaient fini par s'interposer entre Max et moi. Quand Max n'était plus qu'un petit tas de corps par terre, immobile et muet. Ils étaient trois à me tenir. Et c'est ça que je continuais à hurler : *Il méritait*. Oui, il méritait !

Nous ne disons plus rien. Je mets un long moment à reprendre mes esprits.

— Qu'est-ce qu'on fait ? je demande à voix très basse.

— Je sais pas, pleurniche Joshua. J'ai mal.

— Mal ?

Il enlève sa main, qu'il tenait appuyée sur son ventre sans que je l'aie remarqué. La tache noire s'étend sur la moitié de sa chemise.

— Il avait un couteau, ce salaud.

La plaie coule encore et fait une bosse, comme si la chair essayait désespérément de s'ouvrir pour laisser sortir les entrailles. Joshua remet sa main sur la blessure dans une plainte. Je reste médusé, les yeux rivés sur la peau éventrée. Ce n'est pas un couteau qu'avait Basile, c'est une machette ; un truc qui a arraché la moitié du bide à cet abruti de Joshua. Je croise son regard, à peine. Suffisant pour savoir qu'il est sans doute en train de mourir lui aussi. Ma dernière chance. Une ultime, minuscule chance. Je ne donne pas cher de ma vie en le regardant presque comateux à quelques mètres de moi. Je reprends d'une voix douce :

— Joshua, il te faut des soins. Je vais t'emmener. Ou te soigner ici si tu préfères.

Il répond froidement :

— C'est trop tard.

Je refrène une insulte. Putain de fumier, je le sais bien que c'est trop tard. Je fais un effort immense pour garder un ton égal.

— Je suis sûr que non. Tu vas t'en sortir. Laisse-moi t'aider.

Mais il ne m'écoute pas, la tête appuyée contre le mur, le regard lointain.

— Joshua.

— Mmm.

— Tu as la clé du cadenas avec toi ?

— Mmm.

Je ferme les yeux quelques secondes, étouffé par l'angoisse et par cet espoir débile qui me fait trembler, je suis certain que Joshua va s'en apercevoir. Je détache les syllabes méthodiquement.

— Donne-la-moi.

Pas de réaction. Je reprends :

— Donne-la-moi s'il te plaît. Je vais t'aider.

Joshua me regarde et je réprime une plainte. Le voile sur ses yeux. Il se laisse glisser vers la mort.

— Allez ! je crie.

Je n'ai pas pu m'empêcher. C'est pour moi que j'ai gueulé, pas pour lui ; lui il est foutu et je m'en moque. Mais moi ; moi je suis là, et vivant ! Les larmes me viennent au bord des yeux. C'est ce que j'avais dit de Luc aussi. En vain.

Joshua dit quelque chose que je n'entends pas.

— Quoi ? Quoi, Jos ?

Il fronce les sourcils en geignant, mécontent.

— Ça fait mal de parler !

J'inspire lentement, profondément.

— D'accord. Jos, essaie d'attraper la clé. On n'a pas beaucoup de temps.

Il secoue la tête de gauche à droite mais soudain il cherche dans sa poche de blouse. Je suis ses gestes maladroits et saccadés, j'ai l'impression qu'il va claquer à chaque fois qu'il fait un mouvement et je porte littéralement ses mains, de toutes mes forces. Le ventre noué, je le vois sortir la clé.

Dieu. Mon cœur cogne comme un fou dans ma poitrine. Je ne fais pas un geste, pour ne pas le brusquer.

— On va enlever ta chemise, je murmure. Je nettoierai avec quelque chose qui ne brûle pas, de la bétadine, hein ? Une compresse. Des cachets contre la douleur. Demain ça ira déjà mieux, tu verras.

— Je sais pas, dit Joshua.

Moi non plus je ne sais pas et j'espère bien qu'il crèvera tout net, au fond. Ma seule certitude c'est que s'il me donne la clé, si je redeviens libre, il pourra courir pour que je le soigne, je partirai, je m'enfuirai, je le laisserai sur place et la nature finira ce qu'elle a commencé, la crevure ce n'est pas immortel. Il faut qu'il y ait un peu d'équité dans la vie.

— Joshua, je dis en haletant. La clé.

— Ah oui. Oui.

Il la lève devant lui d'une main tremblante.

— Et si Basile ne veut pas ?

J'ouvre de grands yeux.

— Mais tu m'as dit que Basile était mort.

— J'ai dit ça ?

Je me tais, interloqué. Joshua marmonne quelques mots.

— Ah oui, peut-être, j'ai dit ça…

Je le vois trembler de plus en plus, sa gorge qui hoquette. Je supplie :

— Joshua.

Il garde le regard droit.

— Joshua.

Il crie.

Sa main redescend sur son genou, s'immobilise.

Pendant plusieurs minutes encore, j'essaie d'attirer son attention avec des gestes. Je l'appelle, je braille. Mais il ne réagit pas. Il est trop loin pour que je le touche. Il ferme les yeux. Je le vois, je le *sens* s'éteindre petit à petit. Passer de l'autre côté.

La tête qui roule un peu sur le côté. Comme s'il s'était endormi.

La clé tombe de sa main.

Plus tard. Je grogne en me cognant la tête en arrière, somnolent et crevard. Mon regard bute sur Joshua. Nous sommes tous les deux avachis contre le mur, les jambes allongées devant nous, muets. Ses yeux sont toujours fermés. Je chasse une mouche d'un geste las. Nous n'avons pas bougé depuis des heures peut-être.

J'ai ouvert les yeux parce qu'un bruit m'a tiré de ce début d'inconscience dans lequel je me laisse aller avec un certain soulagement. Peut-être que cela ne sera pas si douloureux, au fond. Ce sera comme de s'endormir. À cet instant je ne vois pas pourquoi on fait si grand cas de la mort.

Mais voilà il y a le bruit, encore.

Et je la vois.

La silhouette dans l'encadrement de la porte de la cave, une silhouette basse, trapue, noire. J'ai un petit pincement de peur au ventre et puis c'est tout.

J'écarquille les yeux. Douloureux.

Un chien.

Mon esprit enregistre l'information mécaniquement. Un chien. Je ne sais pas si je dois être soulagé ou inquiet.

Il nous regarde de loin, Joshua et moi, humant l'air, le nez levé. Et puis, avec précaution, il descend l'escalier. Je regarde derrière lui la grosse porte en chêne ouverte. Ça aurait pu être l'occasion rêvée, cette porte enfin ouverte ; mais ce n'est qu'un regret de plus.

Le chien renifle fort, suivant sans doute l'odeur de sang et de mort qui nous enveloppe. Il vient jusqu'à nous, rampant presque, s'arrête devant Joshua. Il hésite avant de sentir ses vêtements et ses cheveux ; d'un coup il se met à lui lécher le visage.

— Hé, dit Joshua d'une voix épuisée et caverneuse.

Le chien et moi sursautons. Je dis :

— Jos ?

Il dodeline de la tête. J'implore à nouveau, immédiatement :

— Jos, la clé. La clé.

Il ne dit rien. Je croise encore une fois son regard au bord du gouffre. Il tâtonne par terre, referme ses doigts raides sur la clé.

— Jette-la vers moi. Ça ira, je murmure.

Il acquiesce d'une voix absente :

— Oui.

Il lève la main. Cette lenteur, encore. Le chien, qui s'est assis, se dresse aussitôt et s'approche un peu plus. Il lui pousse le bras du bout du museau. Joshua proteste, le chien insiste. *Chien !* j'appelle pour détourner son attention. Mais la main de Joshua le fascine, il jappe une fois. Dans l'ombre du corps du vieux, soudain je devine la canne qui se lève en tremblant, la mauvaiseté rentrée dans l'insulte, *saloperie de clebs* ! Je crie :

— Joshua ! Non !

Mais tout est si vain, si dérisoire. J'entends le bruit sec du bois sur la gueule du chien. Je termine ma phrase dans une sorte de sanglot :

— Fais pas ça…

L'animal a bondi sur le côté en couinant ; dans la fraction de seconde qui suit, je frissonne en entendant son grondement, je vois le poil hérissé comme une crête sur son dos. Il jette un bref regard vers moi, peut-être pour vérifier que je n'ai pas l'intention de l'attaquer.

Et alors je le reconnais. Le chien aux yeux vairons.

Il a forci ; c'est devenu une bête massive, pas aimable, les babines retroussées sur des dents serrées et pointues. Il croise mon regard et il marque un temps d'arrêt, très court. Je plonge dans cet œil bleu et je murmure :

— Non. Non. Pas ça…

Mais là aussi c'est peine perdue, qu'est-ce qu'il écouterait de ma détresse ce chien qui se baisse et prend son élan d'une puissance peu commune, et se jette sur Joshua.

À la gorge, directement.

J'entends un craquement horrible. Un craquement d'os, de cartilages. Joshua n'a pas dit un mot, pas un son. Pas le temps. Je ne peux pas m'empêcher de regarder. Le chien secoue la tête du vieux qui ressemble à un pantin, pris en étau dans cette mâchoire de fer, et le vieux glisse par terre et le chien continue à le ballotter sans rien lâcher de son étreinte, un acharnement inutile maintenant, Joshua est mort, et je regarde toujours.

Et puis le chien le lâche, et il s'affale de tout son long. Je ne pense même plus à la clé, je ne vois que le chien, qui se tourne vers moi. Éclaboussé de sang, de la tête au poitrail. Des morceaux de peau lui pendent aux babines. Il me regarde en soufflant, la gueule ouverte, les dents rouges du sang de Joshua.

Je vois son œil bleu.

Il fait demi-tour, bondit dans l'escalier et disparaît.

*

Longtemps, j'ai contemplé le petit éclat de la clé entre les jambes de Joshua.

Moi aussi je suis resté immobile. J'ai simplement joint les mains sur ma bouche, comme si je n'y croyais pas, comme pour m'empêcher de crier.

Longtemps, j'ai guetté le moindre mouvement chez Joshua. Comme si c'était possible, égorgé comme il était.

Et rien n'a bougé, ni lui ni moi.

*

Je ne sais pas combien de temps s'est écoulé.

À un moment je me suis dit que j'avais soif. Et puis c'est passé.

La pensée, pas la soif.

J'ai regardé le corps de Joshua, le sang qui avait coulé entre ses doigts refermés sur son ventre, sa gorge ouverte. Ça ne me faisait rien de voir les tendons et les chairs et les os à vif, la violence faisait partie de notre quotidien ; celle-là était seulement un peu plus grande que d'habitude. J'ai pensé : *Voilà.* J'ai levé les yeux au plafond de la cave, j'ai cru voir un carré de ciel bleu et jaune. Tout de suite après j'ai eu un vertige et j'ai dû poser une main sur le mur pour garder mon équilibre, même assis.

Une fourmi remontait la salopette de Joshua. Je l'ai regardée s'arrêter au sang sur son ventre, tourner en rond. Repartir vers les jambes. J'étais détaché de tout. Finalement, je savais que cela finirait comme ça, à peu de chose près. Cela ne m'étonnait pas. J'avais l'impression de me voir de loin, désincarné et flottant, et ce n'était pas vraiment moi qui étais là en train de mourir à petit feu.

J'ai essayé dix fois, allongé de tout mon long sur le sol, de toucher Joshua du bout des pieds. Si j'avais réussi, j'aurais eu l'espoir peut-être insensé de le tirer vers moi en le coinçant entre mes godillots, centimètre après centimètre, la clé traînée avec lui sous ses jambes. J'aurais mis des heures mais j'y aurais cru. Seulement même en m'étirant le plus possible, j'étais encore loin de Joshua et j'ai cessé de me tortiller. J'ai gratté la terre pour dégager un gravier et je l'ai lancé sur lui.

Bien sûr qu'il était mort. Mais j'ai essayé quand même.

J'en ai jeté un autre. Je visais la plaie béante de sa gorge. Cela m'occupait. Encore une fois, je n'étais pas tout à fait moi-même. Je n'avais même pas le sentiment d'être à côté d'un macchabée, ce corps ça ne signifiait rien. J'ai juste pensé qu'il allait puer bientôt avec la chaleur, et j'ai regardé mes traits sur le mur. On était en août.

C'est sûr qu'il allait puer.

*

Au fond j'ai eu une crevure d'existence. Je n'ai personne à remercier. Lil mise à part, ma vie s'est définie par son acharnement à n'être ni belle ni bonne. Sans doute y suis-je pour quelque chose : je ne suis pas doué pour le bonheur. Il y a un talent pour ça, et ça aussi je l'ai manqué. Aujourd'hui il ne me reste que des regrets. J'ai su tourner le dos aux belles choses de mon existence avec une constance remarquable. Bien des fois, la vie aurait pu être simple, mais alors je ne l'ai pas prise. Parce que j'ai cru que ce serait plus sage, je me suis assis sur le bord du chemin et je l'ai regardée s'en aller. Toutes mes chances, j'ai cru qu'elles reviendraient ; que je pourrais les rattraper à volonté. Jamais un malheur ne m'a servi de leçon. J'ai joué avec Lil et Max, je les ai laissés se rencontrer et j'en ai payé l'incroyable prix.

Je crache une insulte.

Non, tout n'est pas de ma faute. Quelque chose me semble profondément injuste dans la façon dont la vie m'a chargé. Lil disait parfois qu'on (on, c'était elle : *la vie*) ne nous présente pas plus que ce que nous pouvons porter. Que si c'est dur, c'est que nous sommes forts. Mais je n'y crois plus.

J'ai mis un genou à terre, le fardeau était trop lourd. Qu'y pouvais-je ? Est-ce que d'autres auraient fait mieux à ma place ?

Je regarde la gorge arrachée de Joshua. J'aurais pu finir comme ça, moi aussi. C'était une possibilité. Une solution. J'aurais également pu m'en sortir. Mais je suis au milieu. Ni mort ni sauvé : foutu.

Je suis en train de claquer comme un animal pris au collet. Pas de ceux qu'on vient abattre au bout de leur piège, non : de ceux qu'on laisse mourir pendant des jours, pour se venger de quoi ? Cela me paraît soudain dégueulasse que ce soit moi. Il y a tant d'autres hommes dans le monde, et même simplement en France, qu'il fallait vraiment un destin maudit pour que cela tombe sur moi. Je secoue la tête, tremblant de colère. Je refuse. Je n'en peux plus.

Je me lève d'un coup, épuisé et fou de rage. L'absurdité de ma situation me révolte ; je jette mes dernières forces au monde comme une insulte, criant ma protestation. Hystérique, je me débats contre ma chaîne. J'entends les secousses et le cliquetis affolé du métal derrière mes hurlements et mes gestes désespérés pour le faire céder. Les yeux injectés, la gorge en feu, je sens à peine les brûlures de la chaîne sur mon poignet et mes chevilles.

Ma peau éclate sous les bracelets d'acier. Un instant saisi, je regarde le sang qui s'écoule. Je tombe à genoux.

Une pensée pour Lil.

Le reste pour moi. Ma pitié, mes nostalgies, ma colère.

Au diable !

Alors devant le mur, je me relève. Crever à petit feu, je n'en peux plus. Me foutre un coup de couteau, un coup de fusil, j'en rêverais ; mais il n'y a rien dans cette cave et au bout de cette chaîne, que le mur et moi. Je me dis : il faut que l'un des deux cède. Je recule d'un pas en fermant les yeux pour ne pas voir. Et je me jette de toutes mes forces, la tête en avant.

Le visage éclaté, je tombe en hurlant.

L'instant d'après, à moitié assommé, je recommence.

Et encore.

Je sais que cela s'arrêtera bientôt.

Je suis d'accord. Cela vaut mieux.

Mes cris je les crache comme mes dernières volontés, égrenés de sanglots et montant au ciel.

Mes hurlements à la mort.

Théophile Béranger a été admis aux urgences de l'hôpital de T. le 11 août 2002 à 15 h 37. À son arrivée, son état a été jugé critique ; il a fallu vingt-quatre heures pour que les médecins osent faire un diagnostic favorable.

Les propriétaires du rottweiler, qui avaient prévenu les secours, ont eu un malaise en voyant les pompiers sortir les corps de la cave.

Le chien jappait, joueur.

*

Plusieurs jours ont été nécessaires pour laver entièrement Théo. La saleté et les multiples blessures avaient provoqué des escarres et, par endroits, les médecins ont été obligés de découper des morceaux de son pantalon et de les laisser temporairement sur lui, tant ils étaient incrustés dans d'anciennes brûlures.

Outre un sérieux traumatisme crânien, Théo avait deux côtes fêlées, le nez dévié par une fracture ancienne, un genou écrasé sans doute par des coups qui remontaient à plusieurs mois. Il avait des hématomes partout sur le corps. Sur ses chevilles et son poignet gauche, les menottes avaient entaillé la chair jusqu'à l'os à force de frotter ; l'une de ses chevilles ne retrouvera jamais sa mobilité d'origine et le fera boiter jusqu'à sa mort.

Théo a mis presque six semaines à pouvoir reposer les pieds par terre.

Dans la cave de la maison, les gendarmes et les pompiers ont trouvé le cadavre de Joshua Pacault et les corps enterrés de deux hommes. L'un d'eux était relativement récent et les médecins ont daté le décès à six mois environ. L'homme était mort étouffé. On suppose que c'est de lui que parlait Théo quand les secours sont arrivés : il hurlait qu'il était encore vivant.

L'autre squelette portait une trace de balle dans le crâne. La mort était plus ancienne. Cet homme-là n'a jamais été identifié.

Les Mignon et le gardien d'une propriété voisine, amis d'enfance semble-t-il, ont été mis en examen pour complicité et non-assistance à personne en danger. M. Mignon maintient qu'il n'était au courant de rien. Il pleure toute la journée en répétant qu'il doit y avoir une erreur, que sa femme ne peut pas être celle dont on parle, qu'elle a coupé les ponts avec ses dégénérés de frères depuis vingt ans.

Mme Mignon n'ouvre pas la bouche, me dit-on.

*

Cela fera bientôt trois mois que Théo est ici.

Son histoire, je l'ai dit, a embrasé les médias. Aujourd'hui encore, il reçoit chaque semaine des dizaines de lettres, des propositions d'aide, de soutien psychologique, des invitations à rejoindre des groupes religieux. Des lettres de compassion aussi, tout simplement. Des témoignages. Des propositions de mariage.

Ces lettres, il les tourne dans ses mains, les tâte, passe un doigt sur le timbre. Et puis il les jette. Sans les avoir lues.

Il ne veut plus les lire. Il dit que cela ravive le souvenir.

*

Quand Théo est arrivé en convalescence dans mon service, il avait avec lui des feuilles, un stylo, et il a passé trois semaines à écrire ce qu'il avait vécu *là-bas*. Il ne parlait à personne. Il oubliait nos rendez-vous. Il me disait : *C'est comme si vous n'existiez pas pour moi, vous voyez ? Cette fois c'est mon tour,* et je ne comprenais pas. Il discutait un peu. À un moment il se taisait, regardait par la fenêtre ; alors je savais qu'il allait partir. Quelques minutes plus tard il se levait, quittait mon bureau sans dire au revoir. Il m'avait réellement oubliée. Il retournait écrire. Il voulait simplement, maladivement écrire.

Au bout de ces trois semaines, il est arrivé et il m'a tendu son journal. Il a dit :

— Tout est dedans. Maintenant, peut-être que cela ira mieux.

J'ai ouvert le journal et j'ai regardé l'écriture minuscule, hachée, les ratures et les saccades. J'ai demandé :

— Tout ?

Il a haussé les épaules avec une hésitation.

— Oui. Même ce que je ne vous ai pas dit. Il y a des choses… c'était plus facile de les écrire. Je n'aurais pas pu les dire. C'était trop… enfin, ce n'était pas possible.

J'ai hoché la tête et je lui ai dit que j'allais le lire.

J'y ai passé le week-end, effrayée et fascinée.

Le lundi, je lui ai demandé :

— Vous voulez qu'on en parle ?

Mais il a secoué la tête.

— Plus jamais. J'ai écrit. Maintenant je ne veux plus en parler.

Et il s'y est tenu.

Plus une seule fois je ne l'ai entendu évoquer quoi que ce soit de ces quinze ou seize mois enfermés dans la cave.

Il vient me voir presque chaque jour, sans jamais aborder cette période de sa vie. C'est comme s'il avait fait une parenthèse, comme s'il avait pris ces quelques mois de sa vie et qu'il les ait coupés. Pourtant, je tends des perches. Il dit : des pièges. Et il rit.

Mais il va mal.

Il fait des cauchemars toutes les nuits. Les aides-soignantes disent que ses hurlements leur font peur, qu'elles ne s'y habituent pas.

*

Parfois je me dis que Théo a encore une chance de s'en sortir parce qu'il n'est pas complètement seul. Quand il a été retrouvé, Lil a téléphoné. C'était évident : toutes les télévisions en ont parlé. Elle a téléphoné et elle est venue. C'était le surlendemain de l'admission de Théo à l'hôpital.

Dans son dossier, il est indiqué que Théo a refusé de la rencontrer. Il me l'a confirmé lui-même plus tard. Il n'a pas voulu qu'elle voie ce qu'il était devenu.

Il n'a pas eu la force. Il m'a dit : il aurait fallu raconter. Expliquer.

Et surtout, dans ses yeux, voir la pitié.

En arriver là pour voir de la pitié, alors qu'il en avait rêvé pendant des mois avec les vieux pour vivre un peu moins mal, et qu'elle n'était jamais arrivée.

Alors aujourd'hui, la pitié ?

Plutôt crever. Ce sont ses propres mots.

Par la suite, ici, il a commencé à revoir Lil. Une fois qu'il a eu repris une dizaine de kilos, retrouvé un visage normal même s'il reste triste et marqué.

J'ai assisté au début de leur rencontre. Théo avait du mal à exprimer la moindre émotion, raide et distant. Lil a été parfaite et je l'ai remerciée en silence : elle s'est arrêtée devant lui et ne l'a pas touché. Elle a souri. Elle a dit : *Je peux t'embrasser ?* Il a acquiescé d'un mouvement de tête en essayant de sourire lui aussi. Il avait perdu l'habitude, ça se voyait. Le contact physique, m'a-t-il dit plus tard, est devenu synonyme de souffrance. Les coups, les blessures, les brûlures. C'est difficile.

Théo retrouve quelque chose de l'ordre de la vie quand Lil est là. Il s'anime, il fait des gestes. Certains jours il devient presque bavard. Ça a l'air de rien ; pour moi qui le surveille chaque jour, le progrès est immense, et vain. Car Théo retombe. C'est comme si, au bout d'un moment, son énergie était arrivée à terme : il faut que ça recharge. Alors ils s'asseyent dehors sur un banc. Je les vois depuis ma fenêtre. Lil remonte son col parce que l'air est frais et elle lui sourit. Ils parlent un peu. De temps en temps il lui prend la main. Et puis il tourne la tête et regarde au loin, silencieux. Il peut rester des heures comme ça. Quand Lil n'est pas là, parfois je vais le chercher à la nuit tombée. Sinon, peut-être qu'il resterait dehors.

Je me suis renseignée : Max vit toujours dans son institut, inerte, impassible. Son état est stable. Théo avait raison, il est capable de devenir centenaire. Évidemment il n'est au courant de rien, pauvre chose. À quoi bon. Il continue à ne plus guère exister, transporté du lit au fauteuil, la fenêtre ouverte sur un parc qu'il ne regarde pas.

Théo n'a jamais demandé de ses nouvelles. S'il n'avait pas parlé de lui dans son journal, je douterais qu'il se rappelle son existence.

*

Je ne sais pas si Théo retrouvera un jour une existence normale. Au départ, à la dureté dans son regard, à ses élans de survie qui transpiraient jusque dans sa façon de parler, j'en aurais mis ma main au feu. Et puis tout cela a disparu peu à peu. Il m'a dit : *Il n'y a plus de cadre. Il n'y a plus de lutte*. Et il s'est fait happer par cette découverte déroutante : les vieux étaient morts et la raison de vivre qui le tenait depuis quinze mois s'était effondrée. Je lui disais : *Maintenant que vous êtes libre, de quoi rêvez-vous ?*

De rien.

De rien. Il ouvrait les mains au ciel en hochant la tête d'un air désespéré.

Il m'a dit une fois qu'il ne retournera jamais *dehors*. Qu'il n'y arrivera pas. Et parfois je me demande.

Je le regarde marcher épaule contre épaule avec Lil et je vois qu'il manque si peu de chose. Il leur arrive de plaisanter, de chahuter un peu. Je ne sais pas ce qu'elle lui raconte. Il passe un bras autour de ses épaules, chuchote à son oreille. Je l'entends éclater de rire.

Cela nous fait du bien à tous.

Et puis Théo décroche. Son regard surprend quelque chose que nous ne saisissons ni les uns ni les autres. Son esprit s'égare. Quand Lil le voit ainsi, elle lui prend la main et appuie sa tête contre lui. Je devine qu'elle parle encore un moment, tout doucement. Cela doit ressembler à une chanson d'enfant. Ensuite elle se tait.

Maintenant ils sont deux à rester des heures assis sur le banc, emmitouflés dans leurs manteaux épais. Comme inaccessibles. Deux petits êtres isolés dans la brume, au milieu du tapis de feuilles mortes.

Quand Lil s'en va, elle tend la main à Théo ; mais il secoue la tête. Elle a cessé d'insister. Elle sait qu'il ne viendra pas, jamais. Elle rentre à pas lourds, en se retournant plusieurs fois. Sa détresse est si visible que je sens mon cœur se serrer en même temps que le sien. Je sais qu'elle s'éloigne de lui. Petit à petit, jour après jour. Sans le savoir, chaque soir qu'elle laisse Théo sur le banc, elle s'entraîne à le quitter. Il est trop lourd pour elle. Aujourd'hui elle souffre, mais il viendra un moment où elle en aura assez. Un jour, elle ne sera plus là. J'en ai la certitude. Elle ne viendra plus, et qui pourrait l'en blâmer ? Pas même Théo, qui continue à regarder le ciel fixement, avec ce demi-sourire à pleurer.

Les feuilles ont commencé à tomber. C'est la fin de l'automne. Depuis mon bureau, je regarde Théo et ma gorge se noue en voyant ses mains posées sur ses genoux, son attente calme et sans espoir. D'une tristesse infinie.

Cet homme est seul tout au fond de lui, brisé, piétiné.

Parfois sur son banc, il me fait penser à une poupée ou à une peluche qu'on aurait posée là et que personne ne serait revenu chercher. Oui, un petit ours sur un banc trop grand pour lui, étonné d'être toujours solitaire.

Un petit ours attendant que quelqu'un passe et le prenne dans ses bras, le regard droit, courageux et perdu.

Portrait chinois

Et si *Des nœuds d'acier* était…

… une partie du corps humain ?

Ce serait le dos. Cette partie du corps faite de tendons, de muscles et d'os, qui prend les coups, qui reste des jours entiers sous la pluie à travailler sans relâche, celle derrière laquelle on essaie de s'abriter, qui se redresse pour chercher des élans de dignité et qui s'affaisse peu à peu, parce que, au fond, il n'y a pas d'autre solution.

… une œuvre d'art ?

Le Cri d'Edvard Munch est pour moi une œuvre anxiogène dont l'atmosphère est proche de celle des *Nœuds d'acier*. La profusion des courbes amenant à la fois de la confusion et une sensation de vertige, les couleurs vives, mélangées, brutales, et surtout ce visage hurlant, oreilles bouchées, qui dit d'après les notes de Munch : « … j'ai entendu un cri infini déchirer la Nature ».

… une couleur ?

Vert de noir. Comment ça, ça n'existe pas ? Il y a bien du vert-de-gris… Une sorte de patine sur la forêt, qui la rendrait triste ou menaçante selon les jours, mais jamais joyeuse, parce qu'elle est le théâtre de cette emprise d'hommes sur d'autres.

... une chanson ?

« Avec le temps » de Léo Ferré. Pas pour l'histoire mais pour la mélodie, et pour la tristesse. Ramené à Théo, c'est aussi l'étiolement de sa vie, et l'éloignement de la possibilité d'aimer, même s'il revenait au monde : là où le temps ne guérit pas mais efface.

... un vêtement ?

Une chemise déchirée, un peu comme celles que l'on voit sur les épouvantails au milieu des prés, même si on ne voit presque plus d'épouvantails aujourd'hui.

... un plat ?

Une viande crue. D'abord parce qu'il n'y a pas de finesse dans les *Nœuds d'acier* – on décapite les poules à la chaîne et on les entasse dans une brouette, voilà l'ambiance. Ensuite, pour le sang. C'est violent, une viande crue, de la chair arrachée, tout juste détachée d'une peau jetée dans un coin. Rien à voir avec un carpaccio bien préparé, là.

... un alcool ?

Du calvados, par vengeance, à cause des pommes trop dures et trop acides qui seront la seule nourriture de Théo pendant ses 48 heures d'échappée. Mais aussi parce que cela a sacrément bon goût, et c'est un avis tout personnel.

... un bruit ?

Le bruit du silence. Quelque chose qui n'existe qu'en dehors des villes, où la vie ronronne en permanence. Au fin fond de la campagne, quand on se réveille la nuit, c'est tellement silencieux qu'on a l'impression d'avoir les oreilles qui bourdonnent, un peu comme quand on met un coquillage à son oreille quand on est enfant et qu'on entend la mer. Cela donne un grand sentiment de solitude. Après si on ouvre une fenêtre, on devine les bruits de la nuit : des feuilles froissées par des animaux nocturnes, un cri de chouette, le petit vent dans les arbres...

... une odeur ?

Celle de l'humidité. Il suffit de descendre dans une cave pour retrouver cette odeur faite à la fois d'enfermement et d'eau, désagréable parce qu'elle sature le nez, moite en été, glaciale en hiver. Dans certaines caves, l'eau ruisselle le long des parois quand il pleut, surtout dans les maisons construites sur des terrains rocheux. Alors il y a le suintement de cette sur-humidité, mais aussi une sorte d'invasion de l'air, quelque chose d'épais qui flotte.

... un lieu ?

Une forêt évidemment. Laquelle ? Rien ne le dit, et cela permet à chacun de se l'approprier.

... un mot d'amour ?

Là c'est un tour de force : il n'y a pas beaucoup d'amour dans cette histoire. Seulement des bribes que l'on reconstruit entre Lil et Théo, sans grand espoir. Si l'on considère que « au revoir » est un mot d'amour, alors oui. La porte n'est pas tout à fait fermée.

... une arme ?

Un fusil à pompe Winchester M12, qui n'est plus produit aujourd'hui il me semble, extrêmement efficace. Si les vieux l'avaient eu, jamais Théo n'aurait pu s'enfuir : avec 6 balles dans le chargeur, impossible de le manquer.

... une torture ?

Il y en a déjà plusieurs dans le roman, je ne vais pas en rajouter... mais évoquer celle qui me paraît la plus épouvantable : la soif. Enchaîner quelqu'un sans lui donner à boire, c'est se donner la capacité de le faire mourir sans le toucher, sans le frapper, sans rien faire en quelque sorte. Une torture « propre ».

... une sentence ?

Séquestration avec violence.

... une devise ?

« Si j'aurais su, j'aurais pas venu. » D'accord, ce n'est pas une devise, mais cela va à merveille avec ce roman !

Sandrine Collette

Du même auteur
aux éditions Denoël :

UN VENT DE CENDRES, 2014.

Le Livre de Poche s'engage pour l'environnement en réduisant l'empreinte carbone de ses livres. Celle de cet exemplaire est de :
300 g éq. CO_2
Rendez-vous sur
www.livredepoche-durable.fr

Composition réalisée par NORD COMPO

Achevé d'imprimer en février 2014 en France par
CPI BRODARD ET TAUPIN
La Flèche (Sarthe)
N° d'impression : 3004695
Dépôt légal 1re publication : février 2014
Édition 03 – mars 2014
LIBRAIRIE GÉNÉRALE FRANÇAISE
31, rue de Fleurus – 75278 Paris Cedex 06

31/7601/3